H. Schmitthenner

Erlebnisse eines freiwilligen badischen Grenadiers im Feldzug

1870-71

H. Schmitthenner

Erlebnisse eines freiwilligen badischen Grenadiers im Feldzug 1870-71

ISBN/EAN: 9783743300866

Hergestellt in Europa, USA, Kanada, Australien, Japan

Cover: Foto ©Andreas Hilbeck / pixelio.de

Manufactured and distributed by brebook publishing software
(www.brebook.com)

H. Schmitthenner

Erlebnisse eines freiwilligen badischen Grenadiers im Feldzug

1870-71

Vorrede.

Der Gedanke, meine Kriegserlebnisse niederzuschreiben, ist mir gekommen, als ich im vorigen Jahre: „Aus meinem Kriegsleben" von Divisionspfarrer Bußler und „Erlebnisse eines freiwilligen bayrischen Jägers" von meinem Bundesbruder Leibig gelesen hatte. Ich sagte mir: „wenn es dir gelänge, deine Kriegserlebnisse in ähnlich frischer Weise im Zusammenhang zu erzählen, so würde dies deinem Weibe, deinem Kinde, deinen Eltern und Geschwistern eine große Freude sein, es würde solch ein Büchlein von den Kriegskameraden willkommen geheißen werden, und es würde auch sonst mancher gerne hören, wie es dir ergangen ist und wie es überhaupt dem gemeinen Soldaten im Felde ergeht."

So schrieb ich denn meine Erlebnisse nach einer kurzen Bearbeitung meines Tagebuchs und nach der Erinnerung, die noch nicht verblaßt ist, nieder. Als ich damit fertig war und den Gedanken erwog, es drucken zu lassen, da sagte ich mir: „es ist eigentlich eine Thorheit, jedem, der es lesen will, deiner vorgesetzten Behörde und deinen Gemeindegliedern, zu erzählen, was für ein thörichter Geselle du oft gewesen." Ich sagte mir darauf: „du kannst ja von deinen Thorheiten schweigen und brauchst ja nur Heldenthaten zu erzählen". Aber dies ließ sich nicht machen. Bald sah ich: „entweder wie es ist oder gar nicht." So soll es denn sein und ich sende das Büchlein hinaus mit dem Worte, mit dem wir so manches Mal ins Gefecht geführt wurden: „in Gottes Namen."

Noch füge ich bei: der Versuchung, Wahrheit und Dichtung zu schreiben, habe ich leicht widerstanden. Schmuck= los und wahr erzählte ich, so gut ich es wußte, was wir erlebt haben. Alle Zahlen und sonstigen derartigen An= gaben beruhen nicht auf meiner Schätzung, sondern sind der „Geschichte des 1. badischen Leibgrenadier=Regiments im Feldzug 1870/71" von Major Trapp=Ehrenschild ent= nommen.

Schatthausen, im Oktober 1889.

H. Schmitthenner, Pfarrer.

I. Die Mobilmachung.

Im Herbst 1868 bezog ich die Universität Erlangen. Auf dem Gymnasium hatte ich nur 3 Jahre zugebracht. Bis zur Oberquinta (alten Stils) hatte ich meine Ausbildung auf der lateinischen Schule zu Neckarbischofsheim gefunden. Diese Vorbildung konnte aus naheliegenden Gründen keine ganz genügende sein. Daher waren die 3 Jahre, die ich auf dem Gymnasium in Heidelberg und Karlsruhe zubrachte, Jahre angestrengtester Arbeit für mich.

Eine schöne Zeit meines Lebens ging mir auf, als ich Student und Erlanger Bubenreuther geworden war. Nur mit Freude denke ich an diese Zeit zurück und an den Gewinn, den sie mir fürs Leben brachte. Nach 3 Semestern, im Frühjahr 1870, bezog ich die Universität Berlin. Hier traf ich zwei Schulfreunde vom Karlsruher Gymnasium her, die gleichfalls Theologie studierten. Als Landsleute hielten wir Badenser uns vielfach zusammen. Am meisten Umgang hatte ich mit einem Pfälzer Theologen, Gümbel von Landau. Wir wohnten nicht weit von einander, arbeiteten zusammen und machten gemeinsam an den Sonntag-Nachmittagen Gänge und Ausflüge, um Berlin kennen zu lernen. Außerdem studierte ein älterer Bundesbruder in Berlin, mit dem ich regelmäßig Samstag abends die Kneipe der hier studierenden Jenenser Arminen besuchte. Die Collegien hörte ich regelmäßig und war mit meiner Arbeit im schönsten Zuge, als am Himmel die Wolke aufstieg, die zu einem schweren Wetter werden sollte.

Die Frage, ob es zum Krieg komme, hatte für mich noch eine ganz besondere Bedeutung. Ich war 20 Jahre alt, als Theologe zwar militärfrei, aber es verstand sich für mich von selbst, daß ich auch mit gehe, wenn es zum Krieg gegen Frankreich komme. Auch das war mir kein Zweifel, daß meine Eltern mir ihre Einwilligung dazu nicht versagen würden.

Der Eindruck, den in diesen entscheidungsschweren Tagen Berlin machte, war ein großartiger. Auf den Straßen bis in die späte Nacht hinein ein ungeheures Menschengewoge, besonders unter den Linden vor dem königlichen Palast, aber kein übermütiges Jubeln, wie man es von Paris berichtete. Der Gesamteindruck war der einer ernsten Entschlossenheit. Ich war Zeuge, wie König Wilhelm von Ems zurückkehrend von der Bevölkerung empfangen wurde, und ich mußte mir sagen: ein Volk, das mit solcher Begeisterung seinem Kriegsherrn zujauchzt, wird nicht besiegt werden.

Die Universität wurde nicht geschlossen. Ein Anschlag am schwarzen Brett warnte die Studenten davor, wegzugehen, ohne sich ihre Collegien testieren zu lassen. Mir schien dies so unnötig. „Was soll mir ein Zeugnis, daß ich Dogmatik gehört habe, wenns in den Krieg geht?" dachte ich und packte unabgemeldet meine Bücher. Nach dem Krieg, als ich mich zum Examen rüstete, hatte ich freilich viele Mühe und Schreiberei, bis das damals Versäumte nachgeholt war.

Von den Jenenser Arminen sah ich keinen mehr, Gümbel war sofort nach dem Bekanntwerden der Kriegserklärung abgereist, um noch nach Landau zu seiner Mutter zu kommen, ehe die Festungsthore geschlossen werden. Er hat als freiwilliger Krankenpfleger einen Teil des Feldzugs mitgemacht. Meine zwei Karlsruher Freunde und ich hatten über dem Abwarten den richtigen Zeitpunkt der Abreise versäumt und nun war es zweifelhaft, ob wir noch heim kommen könnten. Wir frugen zuerst bei dem badischen Gesandten um Rat. Er konnte uns nur sagen, daß heute die Bahnlinien noch dem allgemeinen Verkehr frei stünden, wie das morgen sein werde, wisse er nicht. Um so bestimmter lautete der Rat, den Hofprediger Frommel uns gab. Er sagte uns: „Ihr könnt nicht mehr heimreisen, Ihr kommt nicht mehr heim." Er nannte uns eine ganz bestimmte Zahl von Tagen, die Preußen noch brauche, um mobil zu sein. „Bis dahin ist Süddeutschland auf sich allein angewiesen und vielleicht morgen schon überfluten die Franzosen Baden. Wenn Ihr dem Vaterlande dienen wollt, bleibt hier. Man kann Euch hier so gut brauchen, wie in Karlsruhe." Einige Tage hielten wir noch aus, dann ließ es uns nicht länger. Ich lag noch zu Bette, als eines Morgens früh ein Dienstmann mir eine Karte von meinen Freunden brachte, sie hätten sich entschlossen, mit dem nächsten Zuge abzureisen, ob ich mitgehe. In wenigen Minuten war ich reisefertig. Mein Koffer war schon lange gepackt. Handgepäck nahm ich keines mit. Alle meine Habseligkeiten ließ ich zurück, sie schienen mir hier am sichersten geborgen. Ich saß mit den beiden andern schon im Zug, als mir einfiel, daß ich über meinen Koffer noch nicht bestimmt hatte. Ich hatte gerade noch Zeit, eine Karte an einen Verwandten, der in Berlin ansässig war, zu schreiben, er möge meinen Koffer zu Hofprediger Frommel bringen. Dieser hatte sich auf meine Bitte bereit erklärt, meine Habseligkeiten in sein Haus aufzunehmen. Die Karte gab ich einem auf dem Perron stehenden Menschen, er solle sie in einen Postschalter werfen. Noch hatte ich den Gedanken: „das ist leichtsinnig, der Fremde, dem du die Karte gegeben, kann deinen Koffer mit all deinem Hab und Gut auf Grund dieser Karte erheben und all deine Bücher und Hefte sind verloren", dann dachte ich nicht mehr an meinen Koffer bis der Krieg zu Ende war und ich daheim saß und die Frage erwog: „was nun?" und mich nach meinen Büchern umsah, um nachzusehen, wo ich eigentlich stehen ge-

1*

blieben und was noch von dem in Berlin Gesammelten vor=
handen sei. „Wo ist mein Koffer?" Da fiel mir ein: „der
ist in Berlin" und das Blut schoß mir in den Kopf bei dem
Gedanken, „der Mann, dem du die Karte gegeben, hat deinen
Koffer geholt und du bekommst von deinen Heften nichts
mehr zu sehen." Ich weiß nicht, warum ich die Auszüge
und Arbeiten, die ich in den wenigen Wochen in Berlin
gemacht hatte, und die unvollständigen Erlanger Collegienhefte
so hoch hielt, es war nichts darunter, das nicht bald wieder
ersetzt gewesen wäre, ebenso war's mit meinen Büchern, aber
bei mir stand sofort der Entschluß fest: „wenn ich meine
Bücher und Hefte nicht wieder bekomme, dann gehe ich wieder
zu den Grenadieren, in einigen Jahren giebts doch wieder
Krieg. Ich fange nicht noch einmal von vorn an." Zagen
Herzens schrieb ich nach Berlin um meinen Koffer. Ich war
nicht überrascht, als von Hofprediger Frommel die Antwort
kam: „Ich weiß nichts von Ihrem Koffer, Ihr Hauswirt hat
erst als die Polizei zu Hülfe gerufen wurde, es zugestanden,
daß Sie bei ihm gewohnt, den Koffer habe ein fremder Mann
geholt, der eine Karte von Ihnen vorgewiesen." Noch eine Hoff
nung blieb, daß mein Vetter meinen Koffer bei sich untergebracht
habe, obgleich er mir vorher erklärt hatte, er habe dazu keinen
Raum in seiner kleinen Wohnung. Und so war es auch. Der schon
verloren gegebene Koffer kam an und ich blieb bei der Theologie.

Die Fahrt von Berlin nach Hause verlief ohne Zwischen
fall. In Frankfurt übernachteten wir. Je näher wir der
Heimat und damit dem mutmaßlichen Kriegsschauplatze kamen,
um so friedlicher und ruhiger war alles. Die Franzosen
waren eben nicht so gerüstet, wie man in Berlin annehmen
mußte. Die Leute führten ihre Ernte heim und gingen ihrer
Arbeit nach. Bange Sorge lag freilich doch auf allen.

Ich war noch einige Tage in meinem Elternhause, dann
meldete ich mich in Mosbach bei dem dort errichteten Ersatz

depot zum Eintritt als Kriegs-Freiwilliger. Ich wurde zunächst zu dem dortigen Bezirksarzt gewiesen, der mich nach meiner körperlichen Tauglichkeit untersuchte und mir das Zeugnis ausstellte: „zu allen Waffengattungen tauglich“. Mit diesem Zeugnis meldete ich mich auf der Kommandantur und erhielt den Bescheid, am andern Morgen mich zu stellen.

In Mosbach herrschte ein bewegtes Treiben; alte Soldaten, Rekruten, Gruppen von Leuten, die lebhaft die Ereignisse besprachen, drängten sich. Die Bahnlinien waren fast vollständig für das Militär in Beschlag genommen. Nur mit Mühe fand ich spät abends in einem Zuge Unterkunft, um noch einmal zu den Meinen zurückzukehren. Vorher wurde mir ganz unerwartet noch eine große Freude zuteil. Aus einem Zuge strömten Baiern, die hier kurzen Aufenthalt hatten und Erfrischungen erhielten. Es waren alte Bekannte, Erlanger Jäger. Ich frug einen nach dem Namen ihrer Offiziere. „Michal“ war gleich der erste Name. Wie freute ich mich, den lieben Bundesbruder, mit dem ich in Erlangen zusammen gewohnt, noch einmal zu sehen, ehe es in den Krieg ging! Wir konnten nur wenige Worte mit einander reden, aber wir hatten uns doch noch einmal ins Auge geschaut und die Hand gedrückt und das war genug.

Erst nach Mitternacht langte ich bei dem elterlichen Hause an. Ich klopfte meinem Bruder, der öffnete mir ein Fenster. Ich schnürte noch in der Nacht mein Bündel, legte mich dann einige Stunden zum Schlafe nieder und sobald am andern Morgen die Eltern auf waren, teilte ich ihnen mit, daß ich angenommen sei und ungesäumt mich auf den Weg zu machen habe und sagte ihnen und den Geschwistern Lebewohl. Wenige Minuten darnach war ich auf dem Wege. So kurz der Abschied war, so empfand ich doch seine ganze Schwere.

II. Beim Ersatzbataillon.

In Mosbach angelangt, wurde mir zunächst ein Quartier zugeteilt. Es war bei einem alten Amtsdiener am Ende der Stadt, am Wege nach Sulzbach. Die Leute nahmen mich freundlich auf und suchten ihren Patriotismus dadurch kund zu thun, daß sie mich so gut hielten, als sie es wußten und konnten. Dann wurden ich mit noch anderen Rekruten eingekleidet. Das war in kurzer Zeit geschehen, und verursachte gar keine Umstände. Wenn die Uniform auch nicht paßte, so hatte das nicht viel zu sagen. Interessant war meine Drillchjacke. Ihre Geschichte war deutlich an ihr zu lesen. Dreimal war sie gründlich repariert worden. Das ursprüngliche Tuch war weiß, die zuletzt aufgenähten Stücke grau, dazwischen noch zwei Schattierungen, alles malerisch gruppiert. Diese Drillchjacke hat eine gewisse Berühmtheit erlangt. Wie oft schon wurde ich von Bekannten, die mich damals gesehen, an den schönen Kittel erinnert, den ich als Rekrut in Mosbach getragen! Dieser Kittel war der Ausgehrock. Der Waffenrock, in dem exerziert wurde, war nicht minder sehenswert.

Ebenso bunt, wie mein Kittel, war die Kompagnie, der ich zugeteilt wurde. Alle diejenigen, von denen man annahm, daß sie in kurzer Zeit ausgebildet werden könnten, hatte man mit tüchtigen Unteroffizieren zu einer besonderen Kompagnie zusammengethan. Da waren nun Studenten, Polytechniker, Gymnasiasten, Lehrer, Post- und Telegraphenbeamte, Kauf-

leute u. a. Wir fanden uns bald mit einander zurecht, er-
neuerten alte Bekanntſchaften und ſchloſſen neue. Auf der
Wieſe am Wege nach Neckarburken wurden wir in alle Ge-
heimniſſe des Exerzierreglements eingeweiht und lernten die
Schönheiten der verſchiedenen Gewehrgriffe kennen. Die Er-
wartungen unſeres Lehrmeiſters, daß diejenigen, die bis zu
ihrem 20. Lebensjahre in die Schule gegangen ſind, auch für
den Parademarſch ein beſonderes Verſtändnis haben müßten,
wurden aber oft zu Schanden. Freudig begrüßte Erholung
waren uns die Inſtruktionsſtunden, die unſer Kompagnieführer,
Herr Premierlieutenant Ris, uns erteilte. So verfloſſen einige
Wochen ziemlich einförmig. Schießübungen, auf die wir uns
freuten, wurden noch keine gemacht. Eine Abwechslung bot
mir ein Quartierwechſel. Ich wurde in das Gaſthaus zur
Krone einquartiert, und hatte Urſache, mit dem Wechſel zufrieden zu ſein.

Wir brannten vor Ungeduld, zu unſerem Regimente
vor Straßburg zu kommen und begrüßten darum mit heller
Freude die Nachricht, daß wir nach Neckarelz abmarſchieren
ſollten. Das war doch wenigſtens einmal ein Schritt
vorwärts. In dieſer unſerer Freude begingen wir eine
große Thorheit. Ich weiß nicht mehr, wer den Vorſchlag
machte, dieſes frohe Ereignis unſeres morgigen Abmarſches
in ganz beſonderer Weiſe zu feiern. Alle Studenten
und Polytechniker unſeres Zugs waren ſofort dabei, von den
andern wurden auch noch einige beigezogen und ſo fanden
wir uns denn abends in der Krone ein und teilten dem
Wirte unſer Vorhaben mit. Er war weniger begeiſtert für
dieſen Gedanken, er meinte: „das geht nicht, ich bin froh,
wenn es Zapfenſtreich ſchlägt, ich werde den Tag über müde
genug und von meinen Leuten kann ich auch niemanden zumuten, ſo unnötig aufzubleiben.“ Als wir ihm aber ſagten:
„wir brauchen nur ein Faß Bier, ſonſt nichts“, ſagte er:

„meinetwegen." Wir ſchloſſen die Läden, rückten zuſammen und ſchwärmten für unſer deutſches Vaterland und freuten uns, daß es nun bald nach Frankreich gehe. Nach einigen Stunden pochte die Patrouille am Laden: „was iſt da drinnen los?" Wir reichten einen Krug Bier hinaus, mit dem zogen ſie auf ihre Wachtſtube. Als er leer war, kamen ſie wieder. Wir ſtiegen nun ſämtlich zum Fenſter hinaus und zogen mit auf die Wachtſtube. Dort hatten ſie einen Arreſtanten eingeſperrt, der wurde herausgelaſſen und bekam auch von unſerm Bier. Dann zogen wir wieder auf unſere Stube. Als es noch 1 oder 2 Stunden zu der Abmarſchzeit war, waren wir der Meinung, daß nun die große Bedeutung des bevorſtehenden Marſches genügend geſeiert ſei und daß noch eine Stunde zu ruhen nichts ſchaden könne. Wir legten uns noch zwiſchen den andern Kameraden, die ſchon ausgeſchlaſen hatten, an unſeren Schlafſtellen nieder. Als es aber kurz darnach zum Aufſtehen blies, lag es mir wie Blei in den Gliedern und als wir dann zum erſtenmale den gepackten Torniſter und den gerollten Mantel umgehängt bekamen, meinte ich, ich müſſe unter der mir ganz ungewohnten Laſt zuſammenbrechen. Der kurze Marſch von Mosbach nach Neckarelz wurde mir ſchwerer denn je ein Marſch und dieſe Stunde gehört zu den bitterſten meines Soldatenlebens. Den andern gings auch nicht beſſer, aber wir hielten alle ritterlich aus.

In Neckarelz waren wir nur 2 Tage. Dann ging es wieder nach Mosbach zurück, um von da mit der Eiſenbahn nach Karlsruhe zu fahren. Die Gefahr, daß Karlsruhe von den Franzoſen beſetzt werde, ehe unſere Truppen ſich ihnen entgegen ſtellen konnten, war vorüber: ſo kehrten alſo die Erſatzdepots in die Garniſonen zurück. Nun ging es richtig vorwärts, keinem von uns ſiel aber ein, dieſen Tag wieder ſo zu feiern, wie den des erſten Abmarſches.

In Karlsruhe kamen wir in die große Infanteriekaserne, etwa 30 Mann in ein Zimmer. Hier ging alles aus einer andern Tonart als in Mosbach, der Dienst viel strammer, die Ordnung peinlicher, alle Stunden vom frühen Morgen bis zum späten Abend vom Dienst in Anspruch genommen. In diese Ordnung und in all die Arbeiten der Kaserne uns zu fügen, wurde uns aber nicht schwer. Wir sagten uns: „wir sind jetzt Soldaten, also wollen wir auch rechte Soldaten sein und nichts besonderes für uns erwarten oder verlangen." Die Kost war gut und reichlich und doch verdiente der Kantin= wirt noch viel an uns, denn die ungewohnte körperliche An= strengung machte uns erstaunlichen Hunger. Einige kleine Freiheiten wurden uns Freiwilligen zugestanden, oder wir erlaubten sie uns selbst. Das führte zu beständigen kleinen Reibereien mit den andern Soldaten in der Kaserne. So auch einmal, als wir die Erlaubnis hatten, unserem Zimmer= kommandanten, Sergeanten Weiſer, zum Andenken eine Uhr zu schenken und zur Feier der Ueberreichung erst um 10 Uhr abends in der Kaserne zu sein. Diese Affaire nahm einen für uns etwas unrühmlichen Ausgang. Um den Ausbruch von Feindseligkeiten zwischen uns und den andern Soldaten zu verhindern, wurde nämlich ein Teil von uns kurzer Hand die Nacht über in den Arrest gesteckt.

Am 3. September vernahmen wir, von einem Ausmarsch zurückgekehrt, mit Jubel die Nachricht von dem, das am Tage zuvor bei Sedan geschehen war. Am andern Tage folgte eine weitere frohe Nachricht, 240 Mann, darunter wir Frei= willige, wurden bestimmt, zum Regimente vor Straßburg zu kommen. Wie froh war ich, daß ich der Versuchung, mir an diesem Tage, es war ein Sonntag, Urlaub geben zu lassen, widerstanden hatte. Alle die, welche an diesem 4. September beurlaubt oder unwohl oder aus irgend einem andern Grunde nicht mit zum Abschmarsch bestimmt worden waren, mußten

warten bis Mitte Dezember. Da erst kamen unsere Mos=
bacher und Karlsruher Kameraden zum Regimente nach.
Es war kurz vor Nuits und hier am 18. Dezember kamen
diese zum ersten Male ins Gefecht und eine große Zahl der=
selben, noch ganz ungeübt, gegen die Gefahren im Gefecht
sich zu schützen, ist hier gefallen, so daß viele von diesen mehr
Monate in der Kaserne gewesen waren als Tage im Feld.

Wir 240 Glückliche wurden mit der Eisenbahn nach
Rastatt transportiert, von da marschierten wir bei Selz über
den Rhein. Uebern Rhein! übern Rhein! Alldeutschland nach
Frankreich hinein! Das Gefühl, daß es jetzt Ernst werde,
der Gedanke, was wir nun in den folgenden Wochen erleben
würden, bewegte mich mächtig. Ich dachte an meine Eltern
und Geschwister und bat Gott im Herzen, daß er mich wieder
glücklich zu den Meinen zurückführen möge. Dabei fühlte
ich mich mächtig erhoben durch den Gedanken, daß wir nun
schon Wege ziehen, welche die Siege unserer Brüder gebahnt
und daß dem guten Anfang auch ein gutes Ende gewiß folgen
werde. Bei Selz wandten wir uns südwärts Straßburg zu
und marschierten an diesem Tage bis Dingelsheim bei Sesen=
heim, etwa 6—7 Stunden. Der Marsch wurde uns allen
schwer. Wir hatten zum ersten Male zu der bisher getragenen
Last noch 80 scharfe Patronen, außerdem noch so mancherlei,
das fürs Feld nötig erscheint, das Zündnadelgewehr allein
wiegt 10 Pfund. Wie schwer das alles zusammen ist, was
der Soldat im Feld zu tragen hat, weiß ich nicht, aber es
ist eine gehörige Last, die zu tragen geübt sein will.

Bei allen ersten Märschen giebt es Fußlose. In dieser
Voraussicht waren einige Leiterwagen mitgenommen worden,
die dem Zuge folgten und die Fußlosen aufnahmen. Ich
hatte auch bald die Fußsohlen voll Blasen und meinte schließ=
lich: „jetzt kann ich nicht mehr länger." Ich trat also aus
und wartete auf die Wagen. Diese waren aber überfüllt, so

daß keine Möglichkeit war, da unterzukommen. Es war mir aber auch alle Luſt, da aufzuſitzen, vergangen. Die Wagen boten mit ihrer Beſatzung keinen heldenhaften Anblick und ich nahm mir ernſtlich vor: „wenn es nur irgend ſein kann, will ich bei keinem Marſche aus dem Gliede treten." Ich bin ſo glücklich geweſen, daß ich dieſem Vorſatz treu bleiben konnte. Ich hatte noch ein Mal ſehr wunde Füße und war einige Male erſchöpft bis auf den allerletzten Reſt von Kraft, aber aus dem Glied getreten und zurückgeblieben bin ich bei keinem Marſche. An jenem Abend arbeitete ich mich wieder vor an meinen Platz und als wir endlich in Dingelsheim ankamen und Freiwillige für die Wache aufgerufen wurden, meldete ich mich, und ſtand in dieſer Nacht noch 3 Stunden lang Poſten. Cron war Wachtkommandant.

Die erſte Ruheſtunde benützte ich, meine wunden Füße in Ordnung zu bringen. Die Blaſen waren ſchon aufgegangen, ich legte die losgelöſte Haut zurecht, auf den Rat eines alten Soldaten zerſchnitt ich ein Paar Unterhoſen zu Fußlappen, ſtrich ſie mit Unſchlitt und wickelte meine Füße hinein. Das war gut. So lernte ich gleich beim erſten Marſche, daß Stiefel und Füße des Infanteriſten ſorgfältig wollen behandelt ſein. Wie den Kavalleriſten all ſeine Geſchicklichkeit im Reiten und Fechten nichts nützt, wenn ſein Pferd nicht gut iſt, ſo iſt der Infanteriſt ein verlorener Mann, wenn er nicht im Marſchieren etwas leiſtet und dazu müſſen Stiefel und Füße gut ſein. Ich lernte es bald, wie man Stiefel richtig ſchmiert und wie man Fußlappen legt. Beides will gelernt ſein. Mit Unſchlitt geſchmierte Fußlappen und Strümpfe darüber, ſo marſchiert es ſich am beſten. Die Stiefel wollen aber, zumal in der Kälte, erſt gewichſt und dann erſt geſchmiert ſein, ſonſt öffnen ſich die Poren im Leder und die Kälte dringt ein.

Dieſer erſte Marſch hatte auch noch die gute Folge, daß unſer Kompagnieführer, Herr Premierlieutenant Ris und wir Freiwillige gute Freunde wurden. Während des ganzen Feld= zugs ſind wir es dann auch geblieben. In der Garniſon waren wir keineswegs gute Freunde geweſen, er mit uns nicht, weil wir „vor lauter Gelehrtheit" ſo oft rechts und links verwechſelten, wir mit ihm nicht, weil er uns infolge davon oft eine Behandlung zuteil werden ließ, wie wir ſie ſeit der Unter=Sekunda nicht mehr erfahren hatten. Auf dieſem Marſche aber wurde er zufrieden mit uns, weil wir alle aushielten und wurde es ſpäter noch mehr, weil wir ihm vor dem Feind keine Schande machten.

Am 6. September marſchierten wir nach Eckwersheim in ſüdweſtlicher Richtung, am folgenden Tage nach Wolfisheim, eine Stunde weſtlich von Straßburg. Hier wurden wir in die verſchiedenen Kompagnien unſeres Regiments verteilt. Von den näheren Bekannten kam nur L. Weis von Diſtelhauſen mit mir in die 7. Kompagnie.

III. Vor Straßburg.

Die Korporalschaft, der ich fortan angehören sollte, war die Zäckles. Ihr Quartier hatte sie in einem Bauernhause aufgeschlagen. Als ich meine Korporalschaft aufsuchte, traf ich nur einen Soldaten an, Vogt von Neudenau, dem ich mich als Kompagnie- und Korporalschaftsgenossen vorstellte. Die Kompagnie war auf Vorposten. Vogt war zurückgelassen worden, um zu kochen. So hatte ich Zeit, von demselben all die vielen Dinge zu erfragen, die ich über das Treiben hier wissen wollte, während ich ihm bei seiner Kocherei behülflich war. In der Nacht kamen die andern, hungrig und müde. Im Nu war gegessen, dann wurde das Nachtlager aufgesucht. In der Scheuertenne war Stroh gestreut, das war die Unter= lage und der Mantel die Decke. Unter den breiten großen Menschen, bei denen alles so laut und so kraftvoll zuging, wollte mir fast der Gedanke bange machen, ob ich auch aus= halten könne, was diese: als aber einer, laut genug, daß ichs hören konnte, dem, was ich dachte, Ausdruck gab: „der hälts nicht lange aus", da dachte ich: „wir wollens abwarten". Gottlob, ich habe aushalten können, auch da, wo andere, die stärker waren als ich, nicht mehr aushielten.

Der Soldat, neben dem ich mich niederlegte, frug mich nach meinem Namen, dann nannte er seinen: „Teubner", und fügte bei, „ich bin Heidelberger Rhenane und studiere jus". Als ich ihm auch meine Farbe und mein Studium genannt, reichte er mir seine Hand zur guten Kameradschaft. Die Feindschaft zwischen Korpsburschen und Burschenschaftern galt da nicht mehr.

Am 8., 9. und 10. September hatten wir Ruhetage. So hatte ich Gelegenheit, unsere Offiziere und Kameraden der Korporalschaft kennen zu lernen. Unsere Kompagnie führte Premierlieutenant Gemehl, die einzelnen Züge die Lieutenants von Peternell; Fritsch II. und Bissinger. An Einjährigen waren noch bei uns außer Teubner: Robert Zinner aus Grünwinkel, der in Paris allerlei welsche Künste gelernt, sein treues deutsches Herz aber nicht verloren hatte, Heinrich Weckesser aus Dossenheim, den jeder auf Patrouille und im Quartiere gerne als Kameraden hatte, weil man sich ebenso auf seine starke Faust als auf sein Wort verlassen konnte, ferner Franz Weiner aus Mosbach; in anderen Korporal= schaften waren noch an Einjährigen: Büchler und Zutt stud. jur., in der 6. Kompagnie war K. Zandt und Thelemann.

Großherzogs Geburtstag brachte jedem einen Schoppen Wein, den wir auf das Wohl unseres geliebten Landesherrn tranken, mir aber auch noch eine Enttäuschung. Der Wahn, daß im Felde keine Knöpfe mehr geputzt und kein Lederzeug mehr gewichst werde, in welchem Wahne ich von allen Bürsten, die ein Soldat braucht, nur die Gewehrbürste mitgenommen hatte, wurde an diesem Tage mir zunichte gemacht.

Vom 11. bis zum 21. September wurde unsere Kom= pagnie nach Erstein südlich von Straßburg abgeschickt, um dort die Arbeiten zum Ableiten der Ill zu überwachen. Durch requirierte Bauern wurden diese Arbeiten ausgeführt. Unser Quartier hatten wir in einem großen Stall, später in einer Scheuer. Unser Dienst bestand im Patrouillieren und Wache stehen. Wir waren froh, als wir am 21. September hier abgelöst wurden. Wir marschierten an diesem Tage bis Wolfisheim in die alten Quartiere, am andern Tage nach

Neudorf, südlich vor Straßburg. Hier blieben wir bis zur Uebergabe der Stadt.

Wir gehörten nun wieder zu den Truppen, welche die Festung einzuschließen hatten. Die Ablösung der Feldwachen geschah morgens um 3 Uhr, die abgelösten Truppen blieben dann noch bis 5 Uhr zur Stelle, um bei etwaigen Ausfällen bei der Hand zu sein und zogen dann in die Quartiere, wo sie Ruhe hatten bis zum andern Morgen um 3 Uhr. Die Nahrungsmittel nahmen wir gekocht mit, ebenso Wasser und Wein. Unser Posten war einmal im sogenannten Ratzen= dörfle, dann hinter einem Eisenbahndamm dem Austerlitzer= thor gegenüber. Wir waren da dem Feinde sehr nahe und es genügte die Helmspitze zu zeigen, so sandten uns die Franzosen ihre Grüße zu, Chassepotkugeln und Granaten. Unsere Stellung war aber eine ganz sichere, wir waren durch den Eisenbahndamm gedeckt. Alles ging über unsere Köpfe weg. In der Nacht wurden einzelne Posten auf dem Wege, der von uns aus in die Stadt führte, der Festung zu vor= geschoben. Das war weniger behaglich. Die Granaten, die die Franzosen, unsere Stellung genau kennend, in der Nacht uns zuwarfen, konnte man, weil ziemlich in ihrer Flugbahn liegend, wie einen feurigen Strahl auf sich zusausen sehen. Tag und Nacht flogen die Granaten und Bomben unserer eigenen Batterien in die feindliche Festung. Einen schauerlich schönen Anblick boten in der Nacht die Bomben. Wie rote Sterne hoben sich die Kugeln, anfangs rasend schnell, in die Höhe, allmählig sich verlangsamend, scheinbar unter die Sterne sich mischend, bis sie scheinbar mitten in einem Sternbild stille standen, nur durch die Farbe von den Sternen unter= schieden, dann senkten sie sich wieder, immer schneller, schließ= lich den Blicken entschwindend, dann eine Feuergarbe aus der Stadt auflohend und einige Sekunden darnach ein Knall, ein donnerähnliches Getöse, dessen Echo nicht enden wollte.

Einmal kam zu uns ein Ueberläufer, der froh aufatmete, als er hinter unserm Damm stand, von keiner der Kugeln getroffen, die die Franzosen ihm nachsandten. In die Laufgräben kam ich nicht. Unsere Kompagnie ist hauptsächlich durch die Absendung nach Erstein bei der Belagerung von Straßburg schlecht weggekommen, zu den Hauptsachen kam unsere Kompagnie nicht, wenigstens nicht in der Zeit, als ich dabei war. Ebenso erging es uns bei der Uebergabe der Stadt. Abends am 27. September hißte Straßburg die weiße Flagge. Wir bezogen am 28. früh 2 Uhr Vorposten, wir wußten nicht was vorgefallen, freuten uns nur über die ruhige Nacht. Das Schweigen der Geschütze ließ uns allerdings vermuten, daß die Stadt den Sturm nicht abwarten wolle. Im Laufe des Vormittags hörten endlich auch wir die frohe Kunde. Nachmittags 4 Uhr zog unsere Kompagnie als die letzte unseres Regiments durch das Austerlitzer Thor in Straßburg ein.

Die Besatzung der Festung war schon abmarschiert, aber eine Menge betrunkener französischer Soldaten trieb sich noch in der Stadt umher. Diese selbst bot einen traurigen Anblick, die Häuser zerschossen, die Straßen voll Schmutz, aber die Einwohner voll Freude, daß die Schrecken der Belagerung zu Ende waren. Wir bezogen sofort Wache an einer Brücke. Unter den ersten, die hier aufzogen, war Klein aus Karlsdorf. Als wir die Zugbrücke der Festung betreten hatten, hatte er aus frohem Herzen gesagt: „jetzt glaube ich, daß ich wieder gesund heim komme." Eine Stunde darnach war er von einem betrunkenen französischen Artilleristen erstochen. Der Thäter wurde sofort ergriffen und an der nächsten Straßenecke erschossen.

Unser Quartier hatten wir in einem Gasthofe, zum ersten Male in einem Hause und auf Matratzen.

Am 29. hatten wir Ruhetag. Wir sahen uns die Stadt und den Münster an. Die Steinstraße war ein Trümmer= haufen. An der Stelle, von wo aus die Stadt mit Sturm genommen werden sollte, war vollständig Bresche geschossen, die Zerstörungen, die unsere Geschosse an den Wällen und Mauern angerichtet hatten, waren großartig. Ueberall das Bild der Verwüstung. Aus einem zerschossenen Eisenbahn= wagen holten wir uns ganz neue französische Feldflaschen, die meinige hat den ganzen Feldzug mitgemacht und ist eines der Andenken, die ich mit nach Hause genommen habe. Aus den Kanälen der Ill fischten wir uns dann Gewehre, die die französischen Soldaten hinein geworfen hatten und bald hatte jeder ein Gewehr, das er hoffte, mit heim nehmen zu können. Unter den badischen Soldaten war allgemein die Meinung verbreitet, wir hätten das Unsere gethan, der Krieg sei jetzt aus und wir dürften heim. Es kam aber anders. Am Abend kam der Vater Rob. Sinners mit einem Fäßchen Bier, das Weis und ich mit austrinken halfen darauf, daß Straßburg nun deutsch bleibe. Am 30. wurden wir auf die Wälle und in die fast gänzlich zerstörte Citadelle geführt, dann bezogen wir Wache bis zum andern Morgen um 8 Uhr am Bahnhof.

IV. In den Vogesen.

Um 10 Uhr am 1. Oktober verließen wir Straßburg und marschierten westwärts den Vogesen zu bis Mutzig. Der Tag war heiß, der Marsch ermüdend. Unser Quartier sollte in einer schlechten Scheuer sein. Gegenüber war ein schmuckes kleines Häuslein, unter der Hausthüre stand eine Frau mit ihrer Tochter. Einjähriger Trautwein fing ein Gespräch mit ihnen an und bald hatte er den Widerspruch der Mutter überwunden und die Leute nahmen ihn, Robert Sinner und mich auf; die Tochter überließ uns ihre Stube und ging für die Nacht zu ihrer Freundin. Die Leute richteten uns ein Nachtessen. Wie that es uns so wohl, wieder einmal an einem sauberen Tische essen zu können, was wir nicht selber gekocht hatten, aus einem Teller, den nicht wir selber gereinigt hatten. Unsere eigene Kocherei war im Ganzen nicht weit her und wir waren immer froh, wenn jemand, der es besser verstand, dieses Geschäft uns abnahm. Es gab zwar unter uns manche, die ein entschiedenes Kochtalent entwickelten und eine erstaunliche Findigkeit. Wir aßen keineswegs immer nur Reis und Rindfleisch, wenn gleich wir fast nie etwas anderes faßten. Doch davon zu erzählen, wird es noch Gelegenheit geben.

Die Leute erzählten von ihrem Sohne, der auch Soldat sei, der Bräutigam der Tochter war auch im Felde, sonst chauffeur, Heizer, sie zeigte uns sein Bild und wir mußten ihr versprechen, ihn nicht zu töten, wenn wir ihm begegneten. Am Morgen schieden wir voll Dankes von den Leuten, die uns so freundlich beherbergt hatten. An diesem Tag, Sonntag den 2. Oktober, ging es im Breuschthale weiter nach Schirmeck. In Mutzig sprach noch alles deutsch, hier in Schirmeck wurde Deutsch nicht mehr verstanden.

Am 3. Oktober kamen wir nicht weit. Der Weg vor uns den Donon hinauf war durch mächtige Verhaue gesperrt. Rechts und links der Straße waren mächtige Bäume umgehauen und quer über die Straße geworfen. Es blieb nichts übrig, als einen Weg durch dieses Gewirr von Aesten und Stämmen hindurchzusägen. Zu dem Zwecke wurden die Bauern der Umgegend requiriert, die wütende Blicke warfen, als Sinner jeden Trupp begrüßte: „ah, vous allez travailler pour le roi de Prusse" *), mit welcher sprüchwörtlichen Rede die Franzosen eine zum eigenen Schaden ausschlagende Arbeit bezeichnen. Diese Bauern hatten ohne Zweifel die Bäume gefällt, so konnten sie sie auch wieder wegschaffen. Erst am andern Tage, am 4. Oktober, stiegen wir den steilen Berg hinan und auf der anderen Seite nach Raon sur pleine hinab. Von Franktireurs war keine Spur. Am 5. hatten wir Ruhetag, nachmittags hatte ich mit einigen anderen einen Verwundeten nach Schirmeck zu geleiten, auf requiriertem Fuhrwerk fuhren wir am Abend wieder zurück, um am andern Tag denselben Weg wieder zu machen.

Am 6. hatte nämlich das erste und dritte Bataillon bei Etival ein schweres aber glückliches Gefecht zu bestehen gehabt. In der Aussicht, daß weitere Kämpfe bevor stünden, wurde nun auch unser Bataillon schleunigst nachgezogen. Wir erreichten am 7. Oktober nachmittags Senones, nach kurzer Rast wurde weiter marschiert und nachts 11 Uhr hatten wir end-

---

*) Ihr wollt für den König von Preußen arbeiten?

2*

lich Raon l'Etappe erreicht. Da hieß es: „sucht euch Quartiere, wo ihr sie findet!" Im Städtlein lag alles im ersten Schlummer. Bald aber war wieder alles wach. Auf unser Pochen öffneten uns die Leute erschreckt die Häuser. Das Haus, das sich unserer Korporalschaft aufthat, war ein feines Restaurant. In dem schönen Billardzimmer zu ebener Erde schlugen wir unser Quartier auf.

Am andern Morgen wurden wir etwa 50 Mann stark mit Lieutenant von Peternell ausgeschickt, Vieh zu requirieren. Die Scenen, die es da gab, waren dieselben, wie sie Simplicius in seiner abenteuerlichen Geschichte aus dem 30jährigen Kriege beschreibt. Die Bauern merkten, als wir in Sicht kamen, um was es sich handle und trieben ihr Vieh aus den Ställen dem Walde zu. Wir fanden aber noch so viel wir brauchten. Und dann — das war freilich zu des Simplicius Zeit anders — bekam der Maire eine Quittung über die Requisition und diese Bons hat nach dem Kriege die französische Regierung eingelöst, so daß die Leute schließlich ihr Vieh bezahlt bekamen. Mit diesen Bons ist auch mancher Unfug getrieben worden. Uebermütige Dragoner haben hie und da in einem sicheren Städtlein, das von dem Wege der Truppen etwas abseits lag, durch das ihr Patrouillenritt sie brachte, ein Dutzend Pfeifen oder Hundert Päcklein Tabak requiriert und dafür einen Schein ausgestellt, der den Besitzern, wenn er endlich übersetzt war, nichts anderes eintrug, als daß sie zu ihrem Schaden noch ausgelacht wurden.

Als wir am Abend mit unserem requirierten Vieh heim kamen, sagte mir der zum Kochen zurückgebliebene Soldat: „in dem Hause liegt oben ein verwundeter deutscher Soldat vom 3. Regiment, der dich kennt." Der Weg zu ihm führte durch das Wohnzimmer unserer Wirtsleute. Trautwein ging mit mir. Auf unsere Bitte zeigten uns die Leute die Krankenstube. Es war Paul Ludwig, der hier lag, durch den Schenkel

geschossen. —Er befand sich wohl, rühmte die Freundlichkeit
der Leute und erzählte viel von dem heftigen Gefechte bei
Etival am 6. Oktober, wo er seine Wunde erhalten hatte.
Im gleichen Zimmer lag ein verwundeter Franzose. Als
wir wieder durch die Wohnstube zurückgingen, war das Nacht=
essen bereit und wir wurden so freundlich eingeladen, daran
teilzunehmen, daß wir ohne weiteres blieben, die Gedecke und
Stühle standen schon für uns bereit. Die Leute erzählten
von ihrer Angst während des schweren Gefechts in der Nähe
und beklagten den Krieg und uns. Die Frau sagte mir,
Worte, die ich noch oft zu hören bekam: „encore si jeune,
oh votre mère."*) Wir frugen, wie sie zu den zwei Ver=
wundeten gekommen seien. Da erzählte der Mann, die Ein=
wohner seien aufgefordert worden, die leicht Verwundeten in
ihre Häuser aufzunehmen, da hätten sie sich auch bereit er=
klärt, einen Mann zu nehmen. Bald sei ein Wagen an sein
Haus gefahren gekommen mit dem Deutschen und dem Fran=
zosen und er sei aufgefordert worden, von diesen einen zu
wählen. Da hätten sie unter sich gesagt: „wir können doch
nicht den Franzosen nehmen und den Deutschen weiter fahren
lassen, wie müßte das dem Deutschen wehe thun! wir können
doch aber auch nicht den Deutschen nehmen und den Fran=
zosen weiter fahren lassen!" So nahmen sie eben beide und
pflegten beide mit gleicher Sorgfalt.

Ich betrat den französischen Boden mit der Ueberzeugung,
jeder gute Deutsche muß die Franzosen, unsern Erbfeind, hassen,
ich glaubte, es wird schwer sein, diesem Feind gegenüber, der
unserem Vaterlande schon so viel Unrecht zugefügt hat, nicht
Gleiches mit Gleichem zu vergelten. Es ist uns aber nicht
schwer geworden, der Bevölkerung gegenüber alles Unrecht zu
lassen und ich bin aus Frankreich zurückgekommen als einer,

---

*) Noch so jung! o Ihre Mutter!

der die Franzosen, nicht ihre Einrichtungen, aber die Personen von Herzen lieb gewonnen hat. Wir waren ja überall die Herren; was wir brauchten, haben wir verlangt oder haben es uns genommen, ohne gute Worte dafür auszugeben: aber was wir nicht fordern konnten, Freundlichkeit, wie wir sie hier in Raon l'Etappe und sonst noch so oft erfuhren, und Barmherzigkeit in den Tagen der Kälte und des Hungers, die noch kommen sollten, haben sie uns freiwillig reichlich gegeben. Den Ruhm, daß die Franzosen höfliche — und zwar nicht in Worten, sondern in der That — und liebenswürdige Leute sind, darf ihnen niemand nehmen. Sie halten aber auch etwas auf diesen Ruhm. Komisch war es, wie sie darauf besorgt waren, daß ihnen niemand Unhöflichkeit vorwerfen könne. Wenn sie nicht willig waren, zu thun, was wir begehrten, brauchte man oft nur ihnen zu sagen: „vous n'etez pas poli“,*) das wollten sie nicht auf sich sitzen lassen und um die Ehre ihres Landes zu retten, waren sie dann zu allem bereit. Manchmal freilich genügte solche feine Anspielung nicht, manchmal kam man mit Grobheit weiter. Unteroffizier Jäckle warf einmal einen widerspenstigen Gesellen, der eine Thüre nicht aufschließen wollte, an dieselbe, so daß er fast durchgeflogen wäre. Das half, nun fand er den Schlüssel und war die Höflichkeit selbst. Die französische Landbevölkerung ist aber nicht nur höflich und freundlich, sie ist auch ausnahmslos fleißig und sparsam und mäßig. Wir waren oft erstaunt über die Einfachheit und Anspruchslosigkeit, mit der auch wohlhabende Leute lebten. Der französische Bauer ist von Natur ebenso friedliebend, wie der deutsche. Wenn sie den Krieg beklagten und sich selbst und uns bedauerten, kams ihnen von Herzen. Das Bild, das wir uns von den Franzosen zu machen gewohnt sind, das paßt nicht auf die

---

*) „Sie sind nicht höflich.“

französische Landbevölkerung, das paßt nur auf die französischen Städter, zumal die Pariser. Leicht beweglich sind sie alle. Und da die Landleute zum großen Teil nicht lesen können, sind sie urteilslos und lassen sich leicht mit fortreißen. Ebenso paßt auf das ganze Volk das Urteil, daß sie ein leichtfertiges Volk sind. Die Sittenlosigkeit der Städter ist bis in die entlegensten Dörfer gedrungen und die Gottesfurcht fehlt. Diese Beobachtungen waren überall zu machen.

Daß es noch einmal zu einem Kriege zwischen Deutschland und Frankreich kommen wird, glaube ich nicht. Innere Gründe, die mit Notwendigkeit dazu treiben würden, wären nur dann vorhanden, wenn in der Wegnahme von Elsaß-Lothringen ein Unrecht läge. Das ist aber nicht der Fall. Das war nicht nur ein Akt gewissermaßen der Notwehr, sondern auch der Gerechtigkeit. Altes Unrecht ist damit wieder gut gemacht worden. Ein Glück ist es für uns, daß in Frankreich die allgemeine Wehrpflicht vollständig durchgeführt ist. Nun giebt es in Frankreich keine Partei mehr, die nur zum Krieg schüren und dann andere ihn ausfechten lassen kann. Nun müssen auch die reichen Pariser und die alle, welche die Politik machen, selber mit in den Krieg oder ihre Söhne mitschicken. Ich glaube, das wird sie immer wieder zur Besinnung bringen, wenn sie vor der Kriegserklärung stehen. Man sagt oft, die ungeheuren Kriegsrüstungen können von den Völkern nicht mehr lange getragen werden und das treibt notwendig zum Krieg. Ich glaube, wir halten unter der schweren Waffenrüstung so lange aus wie die Franzosen und Russen, und wenn sie jenen zu schwer wird, können sie sie ja ablegen.

Ich sehe nicht ein, warum nicht Deutsche und Franzosen schließlich noch die besten Freunde sollen werden können.

Am 9. Oktober marschierten wir im Regen nach Milan. Am Abend dieses Tages fand bei Rambervillers ein Gefecht

statt, auf den 10. wurde hier wieder eines erwartet. Wir
wurden darum dieser Stadt zugeführt, um in die rechte Flanke
eingreifen zu können.   Der Feind war aber verschwunden,
wir kehrten darum wieder zurück und fanden nachts ½1 Uhr
nach beschwerlichem Marsche im Regen und Schnee in la Salle
in einer Scheuer ein schlechtes Quartier.   Am Abend dieses
Tages stand das ganze 14. Armeekorps im Meurthethal
zwischen Raon l'Etappe und St. Diè und trat am folgenden
Tag, am 11. Oktober, den Marsch nach Epinal an.   Unser
Weg führte in das Thal der Mortagne. Das Korps marschierte
in 4 Kolonnen auf vier verschiedenen Wegen.   Das Wetter
war rauh und regnerisch, die Wege bis ins Thal schlecht.
Bei Bruyers stießen wir um die Mittagszeit auf den Feind.
Es wurde da wohl die Hauptmacht des Feindes erwartet,
denn die Batterie, die sich bei unserem Regimente befand,
wurde rasch herbeigeholt. Als der Regimentsadjutant, Premier=
lieutenant von Röder, auf seinem Schimmel an unseren Kom=
pagnien vorbeigesaust war mit dem Rufe: „Artillerie vor!"
hieß es bei uns „Straße frei!"   Wir traten in den Wald
neben der Straße bis die Artillerie vorüber war.   Es wollte
mir so unnötig erscheinen, daß die ganze Straße für die
Artillerie frei sein sollte, da wir im Marsche nur die Hälfte
der Straße einnahmen.   Als aber die Batterie im Galopp
an uns vorüberkam, daß der ganze Straßenkörper zitterte, da
wußte ich, warum wir ihr die Straße räumen mußten und
warum die einzelnen Geschütze so weiten Abstand hielten. Das
sieht nicht aus, als ob die 6 Pferde das Geschütz ziehen,
sondern das sieht aus, als ob die Kanone ein lebendiges
Ungetüm sei, vor dem die Pferde voller Entsetzen davon fliehen.
Da darf kein Reiter etwas Ungeschicktes machen und kein
Pferd stolpern, denn bei solchem Jagen ist kein Halten mög=
lich. Die Geschütze waren auch kaum an uns vorüber, so
trachten auch schon die Schüsse dem Feind entgegen.   Die

Franzosen hielten nicht Stand, das Gefecht war bald vorüber, es waren nur die Vorposten gewesen. Unsere Kompagnie bildete die Geschützbedeckung, wir rannten den ganzen Nach= mittag hinter unseren Geschützen her, und zum Glück gings auf dem Felde und die Hügel hinan nicht so schneidig wie auf der ebenen Straße. Abends um 5 Uhr kamen wir in Belmont in die Quartiere, nachdem wir morgens um 5 Uhr abmarschiert waren, den ganzen Tag hatte es nichts zu essen gegeben, als was wir unterwegs etwa eroberten und das war nicht viel. Und auch jetzt gabs nichts für uns, erst am andern Morgen kurz vor dem Weitermarsch faßten wir unser Fleisch. In der Nähe brannte ein Dorf, wahrscheinlich waren Häuser zur Strafe für einen meuchlerischen Ueberfall durch Franktireurs angezündet worden.

Der 12. Oktober ging unter Hin= und Hermarschieren hin bis wir auf dem Wege Epinal zu in die Quartiere kamen. Am 13. Oktober erreichten wir diese Stadt.

Epinal ist bei unserem Regiment wegen seiner schlechten Quartiere und seiner schlechten Verpflegung in üblem Ange= denken, nur unsere Koporalschaft saß da wie die Vögel im Hanfsamen. Das kam folgendermaßen. Unser Quartierbillet wies uns in ein Haus, über dessen Thüre stand, daß hier junge Mädchen unterrichtet und erzogen werden. Auf unser Klopfen erschien eine ehrwürdige Nonne, die uns feierlich erklärte, es sei dafür gesorgt, daß wir in dem benachbarten Gasthofe unterkämen, es sei alles schon bestellt. Obgleich ich sah, daß die Vorsteherin sich bereit gemacht hatte, eher ihr Leben zu lassen als uns in die ihr anvertrauten Räume, so ließ ich mich nicht so leicht abweisen und bestand auf meinem Scheine. Ueber dem kam unser Hauptmann vorüber und als er von dem Handel hörte, lachte er und sagte: „da dürft ihr nicht hinein, das Nest ist scheint's nicht leer, geht in den

Gasthof und laßt es euch an nichts fehlen, die sollens bezahlen". Diese Weisung befolgten wir nun. Sergeant Walz
machte den Küchenzettel und in seiner Gegenwart mußte ich
der Wirtin auseinandersetzen, was und wann im Tage wir
zu essen wünschen und wie viel Wein jeder nötig habe. Das
Kloster erfreute sich sichtlich eines guten Kredits in unserem
Gasthofe, denn es fehlte uns in der That an nichts. Wein
und Bier wurde hier auch an andere verzapft, aber Speisen
nur für die im Gasthof einquartierten Offiziere und uns be-
reitet. Ausnahmsweise erhielten wir hier an diesem und dem
folgenden Tage, einem Ruhetage, Verpflegung in unseren
Quartieren. Hier wurde die Löhnung ausbezahlt, aber wie
so oft an die einzelnen Kompagnien in Hundertthalerscheinen.
Bald kamen die Freiwilligen, denen die Scheine zum Wechseln
anvertraut waren, auch in unseren Gasthof. Der Besitzer
bezw. seine Frau wechselte ohne Umstände. Da sie aber mit
dem Umwandeln in Franks nicht leicht zurecht kam, half ich
ihr. Bald vertraute sie mir ihre Kasse an, draußen sagte
einer dem andern: „da drinnen ist ein Freiwilliger, der wechselt
Hundertthalerscheine", so kam denn auch einer nach dem andern
mit großen und kleinen Scheinen und ich gab ihnen dafür
Gold und Silber. Mit einem Vertrauen, das erstaunlich
war, ließ mich die Frau mit ihrem Gelde wirtschaften und
ohne Sorge sah sie zu, wie ich all ihr Gold dahin gab und
ihr schließlich einige große Scheine überreichte.

Als ich die improvisierte Bank geschlossen hatte, fand ich
auf der Straße einen Bekannten von Mosbach her, einen
Polytechniker Namens Roth. Er klagte über die jämmerliche
Verpflegung, ich führte ihn herein an unser: Tischlein deck
dich. Ich brauchte nur zu sagen, mein Freund hat großen
Hunger, da waren auch bald Kotelettes und geröstete Kartoffeln
und Wein für uns parat, und als Roth bezahlen wollte,

hieß es: „oh, ça ne coute rien!"*) Das ging alles auf
Rechnung des Klosters.

Als wir am andern Morgen, am 15. Oktober, zum
Abmarsch bereit im Hausgange standen, winkte mirs aus der
Speisekammer hinter der Küche und als ich sie wieder ver-
ließ, war meine Brottasche mit Wurst und Schinken und
Butterbrot und Wein gespickt, so daß ich auf diesem Marsche
eine sehr gesuchte Person war.

In dieser Zeit übernahm Seine Großherzogliche Hoheit
Prinz Wilhelm die Führung unserer Brigade, unser Regiment
führte Oberst von Wechmar.

Unser Weg ging nach Süden, den Feind zu fassen, der
seit dem Gefecht bei Etival am 6. Oktober nicht mehr zum
Stehen hatte gebracht werden können. Quartiere bezogen wir
am 15. Oktober in Rue Menile, am 16. in La Chapelle,
am 17. in Briancourt, am 18. in Favernay, am 19. in
Glan, südlich von Vesoul. Am 20. hatten wir hier Ruhetag.
Vom Feind war nichts zu sehen, derselbe stand hinter dem
Ognon, nördlich von Besançon. In dieser Richtung schoben
sich unsere Bataillone vor, am 21. Oktober marschierten wir
nach Bucey-les-Gy, am 22. besetzte unser Bataillon die
Ognon-Brücke bei Marnay, die wir am 23. besetzt hielten,
an welchem Tage andere Teile unseres Korps am Ognon
den Feind trafen und heftige Gefechte, teilweise in der Nacht,
zu bestehen hatten. Wir ließen den Feind hier stehen, wohl
weil eine Belagerung Besançons nicht im Plane lag und
der Feind unter den Mauern dieser Festung nicht energisch
geschlagen, auf keinen Fall verfolgt werden konnte. Am 24.
wendeten wir uns nordwestlich Gray zu, Quartiere erhielten
wir in Crecancey. Am 25. hatten wir hier Ruhetag; das
Quartier war schlecht in einer Scheuer, die Ruhe that uns

---

*) „Oh, das kostet nichts."

doch wohl. Wir trafen hier verschiedene Bekannte anderer
Kompagnien und verabredeten, uns abends in einem unserer
Quartiere zu treffen: die einen übernahmens für einen Braten,
die andern für Kartoffeln, die andern für Wein zu sorgen.
Wir erstanden uns von einem Schneider einen Hahnen: auf
originelle Weise kam Robert Sinner zu einem Schweinebraten.
Für eine andere Kompagnie wurde von einem französischen
Metzger auf der Straße ein Schwein geschlachtet, die Soldaten
standen mit ihren Tellern um ihn herum zum Fassen bereit.
Robert Sinner mischte sich unter sie: da er gewandt französisch
sprach, hielt der Metzger ihn für einen Offizier und schnitt
ihm auf sein Verlangen einen prächtigen Braten zurecht. Erst
als Sinner mit seinem Braten unter dem Arm Kehrt machte,
merkten die Soldaten, um was es sich handle. Wohl murrten
sie: „was geht denn den Freiwilligen unser Schwein an,
nehmt ihm das Fleisch wieder ab", aber bis sie sich recht
besonnen hatten, war Sinner verschwunden. Wer den Koch
machte, weiß ich nicht, aber das Souper war vortrefflich.

Ueberhaupt, wer etwa meinte, wir hätten bei den täg=
lichen Strapazen und Gefahren ein trostloses Leben geführt,
der würde sich sehr täuschen. Uns war so wohl wie den
Fischen im Wasser. Das bei aller Strenge des Dienstes
doch ungebundene Leben hatte für uns einen großen Reiz
und es ist mir seit jener Zeit nicht mehr ganz unverständlich,
warum die Zigeuner nicht von ihrem Wanderleben lassen
wollen.

Am 26. Oktober marschierten wir nach Mantoche bei
Gray, stundenlang durch einen orkanartigen Sturm und heftigen
Regen belästigt. Der folgende Tag brachte unserem Bataillon
ein bedeutendes Gefecht bei Talmay und Essertenne mit
Mobilgarden, von denen einige Hundert zu Gefangenen ge=
macht wurden. Unsere Kompagnie hatte wieder Geschütz=
bedeckung zu bilden, so daß wir an dem Gefecht nur geringen

Anteil hatten. Das Terrain, auf welchem wir uns befanden, war an verschiedenen Stellen durch große Verhaue und tiefe Schützengräben trefflich zur Verteidigung hergerichtet. Diese Hindernisse waren aber entweder verlassen oder nur schwach verteidigt. In Talmay fand ein Kind, das über die Straße lief, den Tod durch eine verirrte Kugel und ebenso ein alter Mann, dem der volle Schuß in die Brust ging aus einem den Einwohnern abgenommenen Gewehre, als dasselbe aus der Mairie zu den andern derartigen Gewehren auf die Straße geworfen wurde.

Vor dem Dorfe war das von den Franzosen in Eile verlassene Zeltlager. Wir durchstöberten die Zelte und durchsuchten die Tornister. In denen der Offiziere fand sich allerlei Tand vor, der von wenig ernstem Geiste zeugte. Die Bonbons, die reichlich vorhanden waren, ließen wir uns zur Abwechslung munden, die Beutelchen, in denen sie ihre Schwämmchen aufbewahrten, gaben Tabaksbeutel, das andere war für uns nicht zu brauchen.

V. Dijon.

Am 28. erreichten wir Mirebeau, wo wir am folgenden Tage Ruhe hatten. Hier vernahmen wir die Siegeskunde von der Kapitulation von Metz. In Verbindung mit der Ueber= gabe dieser Festung stand eine Aenderung der unserem Korps zugewiesenen Aufgabe. Ein Teil der Truppen, die Metz belagert hatten, wendete sich nach Süden, der Loire zu, den französischen Truppen entgegen, die zum Entsatze von Paris heranrückten. Unserem Korps fiel die Aufgabe zu, die linke Flanke der Loire=Armee zu decken und zu diesem Zwecke die Linie Dijon-Vesoul zu halten. Reiterpatrouillen meldeten, daß Dijon nur schwach besetzt sei, so wurde denn die Be= sitznahme von Dijon beschlossen: 4 Regimenter mit 6 Batterien erhielten diese Aufgabe. Das erste Bataillon unseres Regi= ments bildete die Avantgarde, die andern Kompagnien unseres Regiments marschierten an der Spitze des Gros. Während der Nacht war in Dijon der Widerstand organisiert worden, die in der Nähe stehenden Truppen waren in die Stadt ge= worfen, die Stadt zur Verteidigung hergerichtet worden, so daß wir wider Erwarten die Stadt von starken feindlichen Kräften 8—10 000 Mann besetzt fanden. Eine halbe Stunde vor Dijon hebt sich die Straße. Auf der Höhe des Hügels, hinter dem die Stadt sich ausbreitet, liegt rechts der Straße das Dorf Saint Apollinaire, links der Straße der Parc de Monmusard, ein geräumiges Landgut, das rings von einer

starken hohen Mauer eingefaßt ist. Hier standen die feind=
lichen Vorposten, die von unserem ersten Bataillon zurück=
geworfen wurden. Im Laufschritt wurde unsere Kompagnie
nachgezogen. Links der Straße hinter der Mauer des Parc
de Monmusard sammelten wir uns zu kurzem Halt. Links
von dieser Mauer war das erste Bataillon in heftigen Kampf
verwickelt und drang von da in die Stadt ein. Ein Zug
unserer Kompagnie griff hier mit ein. Die beiden anderen
Züge unserer Kompagnie wurden nach rechts wieder auf die
Straße geführt und auf derselben marschierten wir, links von
uns die Mauer des Parks, langsam der Stadt zu. Unsere
Aufgabe war, hier zunächst geschlossen zu bleiben, um mit
anderen Kompagnien, die in der Nähe standen, für alle Fälle
verfügbar zu sein. Nur noch wenige Schritte und vor unsern
Blicken lag die Hauptstadt Burgunds. Der Blick, den die
Stadt uns bot, war ein prachtvoller. Noch heute steht das
Bild deutlich vor meinem Auge, die Stadt mit ihren vielen
Türmen, dahinter wieder Höhen und Dörfer, über dem Ganzen
heller Sonnenschein. Ich marschierte auf der rechten Seite,
konnte also ungehindert meinen Blick über das herrliche Bild
schweifen lassen. Wohl pfiffen fortwährend Kugeln über uns
weg, aber zu unserer linken Seite war ja die hohe Mauer
und dort drüben war das Gefecht entbrannt. Ich war der
Meinung, die Kugeln, die wir hörten, kämen von links über
die Mauer weg, und wir seien hier sicher. Mit einem Male
stürzte der 2. Mann vor mir, Vogt von Neudenau, wie vom
Blitz getroffen zu Boden. Sinner, der hinter ihm ging, war
auf die Seite geprallt, so daß der Verwundete gerade vor
meinen Füßen lag. Als ich über ihn hinwegsprang, streckte
er noch einmal Arme und Füße und lag dann still. Er war
vorn auf die Stirn getroffen. Er kam mit dem Leben da=
von nach langer Krankheit. Es ist doch etwas Gutes um
einen harten Schädel. Nun erst sah ich, wie es aus

allen Dachlucken und Fenstern vor uns aufflammte. Die Kugeln, die über uns wegzischten, kamen nicht von links, sondern von der freien Seite: die Mauer bot uns keinen Schutz und die geschlossen marschierende Truppe bot dem Feind ein breites Ziel. Das Feuer zu erwiedern hatte nicht viel Zweck, die Entfernung war für unser Gewehr zu groß und der Feind stand völlig gedeckt. Es dauerte nicht lange, da schlugen die Kugeln in unsere Reihen. Wir hatten den Punkt, wo wir bleiben sollten, erreicht und fanden im Straßengraben eine ungenügende Deckung. Hier fiel unser Feldwebel Becker, von einer Kugel ins Herz getroffen, neben ihm auch zum Tod getroffen sein Diener. Hier erhielt Teubner eine Kugel in den Knöchel, die ihm den Fuß und beinahe das Leben gekostet hat. Neben mir lag Weiß von Egringen. Der schrie mit einem Male auf: „meine Hand, ich bin durch die Hand geschossen!" Hüben und drüben hingen an seiner Hand die blutigen Fetzen, mitten durch die Hand war die Kugel gegangen. Da fiel uns ein, daß wir in unsern Tornistern Verbandzeug hatten, es nestelte also einer aus des andern Tornister das Verbandzeug heraus und wir machten uns mit unseren ungeschickten Händen daran, die blutende Hand zu verbinden, da schrie der Verletzte von neuem auf: „ich bin in den Rücken geschossen!" Da schien uns die Wunde in der Hand nicht mehr des Verbindens wert und wir suchten den Verwundeten wenigstens sicher zu legen. Wir waren froh, als es hieß: „auf, wir gehen bis an die ersten Häuser!" An den ersten Häusern setzten wir uns fest, wir hatten hier einen gesicherteren Stand. Zur Verwendung im Gefecht kamen unsere zwei Züge nicht mehr.

Der 3. Zug unserer Kompagnie hatte im Verein mit der 8., 9. und 12. Kompagnie unseres Regiments auf dem linken Flügel einen harten Stand gehabt und war weit in die Stadt vorgedrungen.

Hier erhielt Lieutenant Bissinger eine schwere Wunde am Kopf, die Kugel hatte ihm ein Stück der Hirnschale losgeschlagen, ebenso schwer verwundet wurde hier Sergeant Lauer, Unteroffizier Bury erhielt hier einen Prellschuß vorn an den Kopf, im Greif am Helm hatte sich die Kugel gefangen, Unteroffizier Grether blieb hier tot und mit ihm fünf Grenadiere unserer Kompagnie, Stürmer von Karlsruhe wurde hier schwer verwundet.

Als die Dunkelheit eingetreten war und es unmöglich schien, den Kampf fortzusetzen, wurde der Befehl gegeben, daß das Regiment den Kampf in der Stadt aufgebe. In vollster Ordnung löſten ſich die Kompagnien aus dem erbitterten Straßenkampfe, indem ſie die Verwundeten mit zurücknahmen. Auf den Höhen vor der Stadt hatten 3 Batterien Aufſtellung genommen und warfen Brandgranaten in die Stadt und bald loderten die Flammen an verſchiedenen Punkten hoch empor. Ein ſchauerlich ſchöner Anblick war es, zu ſehen, wie jede neue Granate, in den Brand geworfen, die Flammen neu anfachte. Unſere 2 Züge, die während des ganzen Gefechtes geſchloſſen zuſammengehalten und aufgeſpart worden waren, waren darum die letzten, die zurückmarſchierten, um Quartiere zu ſuchen. Die rückwärts liegenden Dörfer waren vollgeſtopft mit Soldaten, ſo fanden wir nur mit Mühe ein Unterkommen, ich glaube, in Varois. Das Haus, das auch uns noch Raum geben ſollte, war gedrängt voll Soldaten. Zu dreien oder vieren uns zuſammenhaltend drangen wir auf den Speicher, da waren ſie eben daran, Hanf aufzuſchütten zum Nachtlager. Das ſchien uns zu feuergefährlich, wir drängten uns wieder hinunter in den Keller, da waren andere daran, die Weinfäſſer und Fleiſchſtänder zu leeren, wir eroberten uns auch etwas und füllten unſere Flaſchen. Unſer Nachtlager ſchlugen wir im Hofe auf unter einem offenen Schuppen. Die Nacht war kalt, gegen Morgen faßten wir Fleiſch und

kochten es an mächtigen Feuern, die wir auf der Straße an=
zündeten.

In aller Frühe traten wir am 31. Oktober wieder an.
Wir erwarteten einen heißen blutigen Tag, denn heute mußte
Dijon unser sein. Am Tage zuvor hatte unser Regiment
181 Mann verloren, wir mußten auf neue Verluste uns ge=
faßt machen. Ueber Nacht aber hatte die Lage sich völlig
verändert. Die Bevölkerung Dijons hatte von dem Gefecht
und der Beschießung am Abend zuvor genug. Auf das
Drängen der Einwohner verließen die französischen Bataillone
in der Nacht die Stadt und uns brachte der Morgen die
Kunde, daß die Stadt kapituliert habe. Nach der kalten schlaf
losen Nacht war keiner damit unzufrieden, daß wir in die
Stadt einziehen konnten ohne Sturm. In Saint Apollinaire
warteten wir bis die Verhandlungen wegen Uebergabe der
Stadt abgeschlossen waren. Während dieser Stunden war uns
ein Schlößchen in dieser Vorstadt zum Aufenthalt angewiesen.
Auf dem Platze davor begruben wir unseren Feldwebel Becker.
Unser Kompagnieführer sprach an seinem Grabe zu uns sol
datische Worte zur Ehre des tapferen Feldwebels.

Das Schlößchen war von seinen Besitzern verlassen, nur
ein Verwalter war da. Wir machten es uns in den schön
möblierten Räumen bequem. Solche Pracht hatten viele unserer
Soldaten noch nicht gesehen und mit kindlichem Behagen
setzten sie sich in die gestickten Sessel und stellten ihre Füße
auf die prächtigen Teppiche und Fußschemel. Die Zeit wurde
uns nicht lange, im Keller war Wein in Fülle, von dem
holten wir uns so viel uns behagte. An Spaßmachern fehlt
es unter den Soldaten nie, so machte sich der eine über die
Briefe, die sich vorfanden und gab eine Schilderung der Glieder
der Familie, in deren Haus wir als ungebetene Gäste waren,
zum besten; ein anderer leerte die Photographie Albums und
teilte Photographieen aus. Ich steckte 2 davon in einen Brief=

umschlag, so hatte ich also die Adresse und konnte nach ein
paar Jahren die Bilder wieder dem rechtmäßigen Besitzer zu
senden und kann nun denken, daß bei dem Zeigen dieser Bilder
erzählt wird: „im Jahre 1870 als die Barbaren unser Haus
plünderten, haben sie auch unsere Bilder mitgenommen, diese
2 hat einer wieder zurückgeschickt."

Zwei andere fanden eine Drehorgel und erschienen nun
mit derselben, der eine in einem grün seidenen Damenkleide,
der andere in einem sammtenen Kostüme als Bänkelsänger.
Verdorben haben wir nichts, verdorben haben wir überhaupt
nie etwas mutwillig. Von anderen, die später in dies Schlößchen kamen, hörte ich, es sei bös darinnen gewirtschaftet gewesen. Die Klagen der Franzosen, daß ihre Häuser teilweise
schändlich zugerichtet und ausgeplündert worden seien, ist vielfach begründet, das haben aber nicht die Soldaten gethan,
sondern die Marketenter und Fuhrleute und gewiß noch öfter
französisches Gesindel.

Gegen 1 Uhr marschierten wir ein. Dicht gedrängt stand
die Menge rechts und links der Straße, gaffend und lachend.
Die Bewohner der Dörfer und kleinen Städte, durch die wir
bisher gekommen waren, hatten fast überall den Eindruck freund-
licher und ruhiger Leute gemacht; ich kann aber nicht sagen,
wie unwürdig und widerwärtig die Haltung des hohen und
niederen Pöbels dieser Stadt war.

Wir erhielten Quartier im nördlichen Teil der Stadt in
einem großen Hause bei einem Arbeiter oder Aufseher in einer
Maschinenwerkstätte. Das erste war, daß die Kompagnien
durch ihre Offiziere gewarnt wurden vor den Gefahren, die
diese Stadt bot. Lange Zeit durften wir nur truppweise und
mit dem Gewehr bewaffnet ausgehen. Wir hatten hier vom
1. bis 12. November Ruhe.

Am Tage nach dem Einzug wurden die Gefallenen begraben. Wir suchten mit Unteroffizier E. Salzer von Karls-

3*

ruhe einzelne unserer gefallenen Kameraden. In einer großen Halle wurden die Toten zunächst gesammelt, um identifiziert und dann begraben zu werden. Infolge eines Mißverständnisses hatten nämlich die Krankenträger den Gefallenen die Marken (jeder Soldat hat eine Nummer, die er auf einem Blechstück an einer Schnur um den Hals trägt) abgenommen und nun mußten mit Mühe die Namen der Toten festgestellt werden. Ich hatte mich, als wir der Totenhalle zugingen, wohl darauf gefaßt gemacht, so viele Tote beisammen sehen zu können, als ich aber in die Halle trat und rechts und links von dem schmalen Gange die Reihen der Toten sah, da konnte ich nicht mehr atmen. Der Gedanke, wie viel Liebe, wie viel Schmerz, wie viel Thränen, wie viel Lebensfreude und Todesbangigkeit ein einziges Menschenleben bedeutet, schnürte mir beim Anblick solch einer Todesernte die Brust zusammen. Ich mußte mich erst einige Sekunden sammeln, ehe ich den Anblick ertragen konnte. Der Mensch gewöhnt sich schnell auch an Entsetzliches. Wir konnten dem Arzt, der hier beschäftigt war, die Namen einiger Gefallener angeben. Auf Leiterwagen geladen, wurden die Toten auf den Kirchhof geführt, von den Wägen einzeln heruntergehoben, in die langen Gräber einer neben den andern zurechtgelegt, mitsamt der Uniform und mit allem, was sie etwa bei sich trugen, und so etwa 50 in einem Grab, Deutsche und Franzosen durch einander begraben. Still und ernst standen unsere Soldaten dabei, durch das Herz eines jeden zog wohl der Gedanke: jeder dieser Männer, die in der Jugend und in der Kraft dahingerafft wurden, hat daheim einen Vater, eine Mutter, Brüder, Schwestern, so mancher ein Weib und Kinder. Wie viel Leid hängt an diesem Grabe! wird man dich auch in solch ein Grab legen? Durch das Herz der meisten zog gewiß auch das Gelübde: ich will mein Gewissen mir rein bewahren, es ist ja nur ein Schritt zwischen mir und dem Tode.

Es lebt wohl im Herzen eines jeden deutschen Mannes, vielleicht im Herzen eines jeden Mannes ein Stück Kampfeslust. Wenn ihm auch der Friede und die Ruhe lieber ist, so scheint es ihm doch etwas Großes, für eine gute Sache in den Kampf zu ziehen, auch ich fühle in dieser Hinsicht heute noch wie vor 20 Jahren. Aber wenn ich höre, wie andere leichthin sagen: „es giebt doch wieder Krieg mit den Franzosen, darum ist es besser, wir warten nicht, bis die Franzosen ganz gerüstet sind, sondern schlagen jetzt los, da wir denselben uns noch überlegen wissen", dann denke ich: „hättet ihr gesehen wie am 1. November und wieder am 20. Dezember in Dijon die Toten begraben wurden, hättet ihr das Schlachtfeld von Chenebier und Frahier nach der Schlacht bei Belfort gesehen, ihr würdet nicht mehr sagen, es ist besser jetzt Krieg als später." Gebe Gott, daß wir Deutsche nie anders als mit gutem Gewissen in den Krieg ziehen. Mit gutem Gewissen werden wir aber nur dann in den Krieg ziehen, wenn wir alle nicht das Geringste gethan haben, was zum Krieg führt, wenn wir auch nicht leichthin über den Krieg geredet haben und wenn aus Herzensgrund das Gebet kommt das unsere Gemeinden allsonntäglich im Gottesdienste beten: bewahre uns vor Krieg und Blutvergießen.

Noch eine Bemerkung möchte ich hier machen. Schon hier und mehr noch später, je mehr wir Gefallene zu sehen bekamen, setzte sich in mir der Gedanke fest: „wenn es sein muß, dann wünsche ich mir eine Kugel durch die Brust, nur nicht durch den Kopf." Ueber dem Angesicht der durch die Brust Geschossenen lag meist Friede, während auf dem Angesicht der durch den Kopf Geschossenen meist Entsetzen geschrieben stand. Bei jedem wohl, der zum Tode getroffen ist, ist das Erste furchtbares Entsetzen. Da, wo der Tod beim Schuß durch den Kopf augenblicklich eintritt, behält das Angesicht den Ausdruck des Schmerzes und Entsetzens.

Dem durch die Brust Geschossenen bleibt Zeit, auch wenn der Tod nach wenigen Minuten kommt, sich hindurch zu ringen zur Ergebung in Gottes Willen.

Den Unteroffizier Grether unserer Kompagnie legten wir in einem Sarg in ein besonderes Grab und steckten auf dasselbe ein schlichtes Kreuz und kauften daran einen Kranz.

Ueber den Gräbern sprach ein Feldgeistlicher ein Gebet. Die Erlösten des Herrn werden wiederkommen mit Frohlocken.

Mit unseren Hausleuten standen wir bald auf gutem Fuß. Sie hatten 2 Stuben, in der vorderen, kleineren wohnten sie, die hintere größere war unser. Wir kochten und aßen gemeinsam und rauchten mit einander. Wenn wir im Kreise saßen jeder mit einer kurzen französischen Pfeife, uns erzählten und sangen, setzte sich unser Hauswirt in unsern Kreis, als ob er dazu gehöre und rauchte kalt bis wirs bemerkten und seine Pfeife ihm stopften. Der Tabak war rar geworden, zu kaufen gab es keinen, was in Dijon vorhanden war, war requiriert worden und wurde unter die Soldaten verteilt. Später gab es auch für uns keinen mehr und da war es dann unser Hauswirt, der dann und wann von einem guten Freund einige Päckchen Tabak oder Cigarren, die bei der Requisition bei Seite geschafft worden waren, erhielt und nun auch mit uns redlich teilte. Er unterhielt sich gern und setzte mir wiederholt seine religiöse und politische Ansicht auseinander. Er war, so gutmütig er an sich war, doch mit allem unzufrieden. Napoleon war in seinen Augen natürlich ein Verräter, sich selber nannte er einen Thoren, daß er beim Plebiscit auch mit ja gestimmt habe.

Gleich am ersten Tage legten wir uns ein Fäßchen Wein ein. In dem Nebengebäude unseres Hauses war ein großes Weinlager. Als wir vor der geschlossenen Thüre standen und bedauerten, daß sie geschlossen sei, kam der Besitzer und trug uns, ob wir ein Fäßchen Wein wollten. Wir bejahten freudig. Er schloß die Thüre auf und zeigte uns seine Fässer und ließ uns völlig freie Wahl. Wir waren bescheiden genug, uns ein kleines Fäßchen auszuwählen und waren über solche Freundlichkeit sehr erfreut. Vom Bezahlen war nicht die Rede. Am andern Tag erschien er wieder und behauptete, das Fäßchen koste so und so viele Franken. Wir erwiederten ihm: „Lieber Mann, das hättet Ihr gestern sagen sollen. Das ist nicht höflich, uns gestern ein Fäßchen Wein zu schenken und heute das Geld dafür zu fordern." Das machte auf ihn aber keinen Eindruck, er beklagte sich auf der Kommandantur und von dort schickten sie einen Feldgendarmen. Der ließ sich den Fall genau erzählen, machte sich verschiedene Notizen und damit war die Sache erledigt.

In diesen Ruhetagen hatten wir Muße, die Stadt und ihre Bewohner kennen zu lernen. Die Stadt, ehemals die Hauptstadt Burgunds, ist reich an schönen Gebäuden und breiten Straßen. Sie zählt ungefähr 50,000 Einwohner. Die eigentliche Bürgerschaft war höflich und freundlich, das viele Gesindel aber, das sich umhertrieb, zeigte eine feindselige Haltung. Fast ein Vierteljahr war Dijon unser Standquartier, von hier aus unternahmen wir unsere Streifzüge und Vorstöße, hier in Dijon hatten wir unsern sichern Stützpunkt, hier brachten wir meist unsere Ruhetage zu. Wir lernten darum auch die Stadt und ihre Umgebung gründlich kennen, schlossen mit unsern Hausleuten gute Freundschaft und betrachteten Dijon als eine Art Heimat. Auch die Einwohnerschaft betrachtete schließlich die Regimenter, die immer wieder kamen, als ihre Soldaten und nahm Anteil an deren Ergehen. Sie freuten sich natürlich über jeden Plan, von dem sie hörten, uns alle mit einem Male in eine Falle zu locken und zu verderben, und mehr als einmal kündeten sie uns bei unserm Abmarsche an, dieses Mal kommt keiner mehr wieder; aber wenn wir dann doch wieder kamen, zählten sie immer ab, ob auch keiner fehle, und so oft einer fehlte, frugen sie, wo er geblieben und wie es ihm ergangen, und klagten über ihn wie über einen der ihren. Und wenn einer mit einer leichten Wunde wiederkam, so halfen sie ihn verbinden und pflegen, so gut sie es wußten. Der Franzose kann eben schließlich die ihm angeborene Höflichkeit und Liebenswürdigkeit nicht verleugnen. Ganz unverkennbar war auch, daß ihnen unsere strenge Ordnung imponierte. Bald wußten sie, wenn die deutschen Soldaten da sind, geschieht niemanden ein Leid und es wird nichts gestohlen. Sie machten kein Hehl daraus, daß sie ihren Soldaten gegenüber solches Vertrauen nicht hätten, nicht haben könnten, und daß sie uns lieber in ihren Häusern hatten als ihre eigenen Leute. Die Einwohner Dijons hatten auch Gelegenheit, solche Vergleiche anzustellen, denn so oft wir Dijon räumten, und das geschah zweimal, zogen sofort die französischen Truppen ein, bis wir sie wieder hinausdrängten, so daß diese Stadt vom 30. Oktober an bis zum Schlusse des Kriegs nie von Militär frei war.

Ludwig Weis von Distelhausen war kurz vor Ausbruch des Krieges längere Zeit in Dijon gewesen, um hier die französische Sprache zu lernen. Ihm war daher die Stadt und viele Personen derselben wohlbekannt. In seiner Gesellschaft war ich auch bald in Dijon heimisch.

Drei Dinge von Dijon sind berühmt: pain d'épice de Dijon, moutarde de Dijon und cassis de Dijon. Cassis ist Maulbeersaft, ein starkes liquerartiges Getränke, das wie Absint mit Wasser vermischt getrunken wird. Dem Absint, dem Lieblingsgetränke der französischen Offiziere, konnten wir keinen Geschmack abgewinnen, cassis aber tranken wir gerne und aßen pain d'épice, Lebkuchen, dazu. Auch der scharfe Senf von Dijon imponierte uns.

Rings um Dijon wächst der gute Burgunderwein. Welch eine Wohlthat war uns dieser Wein! wir hätten ohne diesen Wein kaum die Strapazen des Feldzugs so gut überstanden, der Wein ließ uns immer wieder heraus. Wir sparten auch nicht daran, es war auch nicht nötig, denn alle Fässer waren voll, als wir kamen. Der Mühe des Abfüllens waren die Franzosen im Frühjahre allerdings überhoben. In Dijon gabs auch gutes Bier in Flaschen und die Bierbrauereien machten gute Geschäfte.

Am 12. November räumten wir Dijon wieder, um einen Vorstoß gegen Dôle zu machen: wir marschierten an diesem Tage über Etevaux nach Les Grand Moulins von ½8 Uhr morgens bis ½9 Uhr abends, am 13. wieder über Etevaux nach Varanges, am 14. nach Thorey. Der Vorstoß gegen Dôle hatte den Feind nicht mehr getroffen und wir wendeten uns wieder Dijon zu.

Wie es bei dem Marschieren und in den Quartieren zuging, darüber sei hier etwas bemerkt. In der Nacht kamen an die einzelnen Kompagnien die genauen Befehle, wann am Morgen aufzubrechen sei und wo die Kompagnie sich einzustellen habe. Verwirrung gab es dabei nie, nur selten mußte auf dem Sammelplatze gewartet werden. Die Anordnungen waren stets so genau getroffen und wir hatten allmählich solche Uebung, daß die Kompagnien und Bataillone von ihren verschiedenen Nachtquartieren aus so pünktlich eintrafen, daß ohne Aufenthalt weiter marschiert werden konnte. Vor dem Abmarsch kochten wir uns immer Kaffee. Der Kaffee ging uns nie aus und das war gut. Wenn wir einmal nicht zum Kaffee kamen, das war immer bitter. Die Kaffeemühle, die jede Korporalschaft mitführt, taugte bald nichts mehr. Wenn die Franzosen keine Mühle hatten, zermalmten wir die Bohnen auf einem Tische mit einer Flasche, die als Walze benützt wurde. Milch gabs selten, wenn es möglich war, solche zu bekommen, war uns kein Preis zu hoch. Wenn es zu dem braunen Tranke noch Brot gab, war alles gut, aber nicht immer gabs Brot.

Nach 3 bis 4 Stunden Marschierens wird Halt gemacht und so in 2 oder 3 Abschnitten bis ans Ziel marschiert, das Einquartieren war sehr einfach, jede Korporalschaft, 15 bis 20 Mann, erhielt ein Haus. Da gabs nun gute und schlechte Quartiere, doch waren wir leicht zufrieden zu stellen. In meiner Korporalschaft fiel mir meist die Aufgabe zu, mit dem Unteroffizier und dem Hausherrn das Haus abzuteilen. Meist war das bald geschehen. Die französischen Bauern wohnen im ganzen schlechter als die unsern, so war bald abgeteilt: „die eine Stube ist euch, die andere uns." Die Franzosen waren anfangs wohl erstaunt und machten böse Gesichter, wenn wir uns als die Herren geberdeten und über ihre Häuser verfügten, aber bald waren sie zufrieden, denn sie wußten, daß in dem Gemach, das ihnen zugewiesen war, niemand sie behellige. Dann gings mit dem Bauern in den Keller und auch da verständigte man sich bald über das, was unser war an Wein und Kartoffeln. Die Regel war, daß wir den Wein bezahlten. Während dem hatten die andern Stroh herbeigeschleppt, dann wurde Fleisch gefaßt und gekocht. Der Soldat hält im Tage nur eine Mahlzeit, da schmeckts ihm dann aber auch, und es ist ihm zu wünschen, daß diese eine Mahlzeit ihm nicht fehle. Sie hat manchesmal gefehlt, oder die Zeit hat gefehlt zum Kochen, oder es wurde Morgen, bis sie bereit war. Der Soldat nimmts aber da nicht so genau mit der Zeit, er schläft auch einstweilen einige Stunden und ißt um Mitternacht oder wann es kommt, wenns nur kommt. Manchesmal kams aber nicht, dann hieß es: helf was helfen mag und die Hühner und Hämmel der Leute mußten herhalten. Am schlimmsten ging es den Leuten, wenn sie Brot und Wein und Kartoffeln versteckt hatten und nun hoch und heilig beteuerten, sie hätten nichts. Was wir dann doch fanden, war gute Beute.

Mit dem Nachtlager sah es auch oft schlimm aus. War ein Bett da, so gehörte das dem Unteroffizier und mir, einen frischen Ueberzug beanspruchten wir nicht, so difficil darf man im Feld nicht sein. Sehr häufig wollten die Franzosen ihre Betten aber selber behalten, es legte sich zu dem Zweck ein Familienglied hinein und behauptete, es sei krank. Sehr behaglich mochte es dem Betreffenden nicht sein, wenn dann die ganze Schar der Soldaten um das Bett neugierig herumstand und einer behauptete, er sei ein Doktor und frug: „wo thuts Euch denn weh?" Nach was man auch examinieren mochte, es that ihnen überall weh, auf nachdrückliches Zureden und Appell an ihre Höflichkeit, standen sie schließlich aber doch auf und es that ihnen nichts mehr weh. Drollig wars, wenn die Leute nur eine Stube hatten, oder wenn wir so zahlreich waren, daß wir alle Räume füllten. Die Franzosen saßen dann die Nacht durch am Kaminfeuer. Wenn das nun aber eine Nacht nach der andern so ging, so zwang sie die Not, eben auch zu schlafen und so kampierten dann manchesmal Mann und Frau, erwachsene Mädchen und Kinder und 20 Soldaten friedlich in einem Raum. Auch dann waren die Franzosen ohne Furcht, sie wußten, daß niemanden ein Leid geschieht und komisch war es, wenn am Morgen der Unteroffizier und ich aus dem einen Bett heraus den französischen Insassen des andern Bettes freundlich zunickten: „Guten Morgen, habt ihr gut geschlafen?" Sie schnitten dann immer sauersüße Gesichter. 2 Bund Stroh waren mir meist lieber als Anteil an einem Bett, 2 Bund Stroh reichen mit dem Mantel zu einem vortrefflichen Lager, aber es will gelernt sein, das Stroh richtig zu schichten: auch ein Bund Stroh genügt, wenn es nicht sehr kalt ist, aber auf nur einer Handvoll Stroh oder gerade auf dem Stubenboden schläft auch der Soldat schlecht, wie vielfache Erfahrung uns lehrte.

Wenn wir konnten, zogen wir zum Schlafen die Stiefel und den Rock aus, dann ist's dem Soldaten schon bequem. Nicht immer gab's diese Bequemlichkeit, oft mußten wir die Stiefel anbehalten, weil sie der Nässe wegen nicht vom Fuß gingen, oder weil wir für jede Minute bereit sein mußten. Wiederholt war dies 6 bis 8 Tage lang so. Der Mantel ist in kalten Nächten auch nur bei ganz geschickter Benutzung als Decke genügend. Ich habe mir immer mit besonderer Sorgfalt mit dem einen Zipfel des Mantels die Füße ein= gewickelt, dann reichte der andere Zipfel gerade über den Mund bis an die Nase und nun galt es, mit der Nase einzuatmen und mit dem Mund die warme Luft unter die Decke auszuatmen, um sich zu erwärmen. Wir haben später= hin manche bitter kalte Nacht gehabt.

Besondere Sorgfalt beanspruchte meine Brille während der Nacht. Ich schlief oft mit derselben, lieber aber legte ich sie ab. Ein Futteral hatte ich nicht. Wenn wir die Stiefel ausziehen konnten, war sie in einem Stiefel gut aufgehoben, andernfalls suchte ich ihr sonst ein sicheres Plätzchen. Ein= mal war sie des Morgens verschwunden. Nach langem Suchen fand ich sie in der Wiege. Der Säugling lag darauf. Es that ihr aber nichts.

Eine große Wohlthat waren uns die französischen Holz= schuhe und Zipfelkappen. Wenn wir abgelegt hatten, war oft meine Frage an den Bauer: „monsieur, habt Ihr keine andern sabots als die, die Ihr anhabt, dann könnt Ihr sie mir ein wenig leihen, Ihr könnt Euch ja so lange hinter den Ofen setzen:" und wenn wir uns schlafen legten: „monsieur, habt Ihr keine Zipfelkappe für mich?" In den Holzschuhen ruhten die Füße gut aus und in den Zipfelkappen schlief sich's so warm. Allmählich war das ganze Regiment mit weißen Zipfelkappen versehen. Wir trugen sie an kalten Tagen beim Marsch unter dem Helm, über die Ohren in

den Nacken hinunter gezogen, was späterhin untersagt wurde,
weil das ganze Regiment dadurch halb taub war.

Große Sorgfalt wurde dem Sicherheitsdienste zugewendet.
Nicht nur an den Dorfausgängen und vor den Dörfern, in
denen wir lagen, standen Doppelposten: vor jedem Hause,
in dem Soldaten waren, stand während der ganzen Nacht
ein Posten. Außer den regelmäßigen Wachen, die alle paar
Tage an die einzelnen Korporalschaften kamen, hatte also jede
Korporalschaft jede Nacht vor ihr Haus einen Posten zu
stellen. Dabei wurde alle Stunden abgelöst. So hatte der
gemeine Soldat selten eine Nacht, in der er nicht wenigstens
eine Stunde Posten zu stehen hatte. Die Ablösung dieser
Posten ging aber viel einfacher, als man sichs wohl denkt.
Da war nicht nötig, daß man seinen Nachfolger aus dem
Schlaf rüttelte, daß die ganze Gesellschaft darüber aufwachte:
der Geweckte hat auch nicht erst sich die Augen gerieben und
sich besonnen, bis er endlich sich erhob. Der Abzulösende
kam herein und rief den Namen dessen, der nun an die Reihe
kam. Niemand hat den Ruf gehört als der, der gemeint war.
Dieser aber stand auch auf, als ob er nicht fest geschlafen,
sondern gerade auf den Ruf gewartet habe und eben noch im
festen Schlaf stand er eine Minute darnach auf seinem Posten
draußen. Der andere stellte sein Gewehr in die Ecke, legte
sich auf den freigewordenen Platz und schlief in der nächsten
Minute. Mit dem „Einschlafen" darf der Soldat keine Zeit
versäumen. Nervosität giebt es im Felde nicht. Wer „den
Schlaf nicht finden" kann, hälts da nicht lange aus.

Wenn man bedenkt, was das heißt, 6 Monatelang
nicht ein einziges Mal ordentlich in ein Bette, nicht ein einziges
Mal ganz aus den Kleidern kommen, fast jede Nacht wenigstens eine Stunde Posten stehen müssen, manche Nacht gar
nicht zur Ruhe kommen, manchen Tag bei den größten Strapazen
fast oder ganz ohne Nahrung sein, dann sollte man denken:

dabei muß ein Mensch zugrunde gehen. Es ist aber erstaunlich, was ein gesunder Körper auszuhalten vermag. Wer gesund war, der nahm bei diesem Leben von Tag zu Tag an Kraft und Gesundheit zu. Nur wenn wir einige Tage still lagen, stellte sich bald Unwohlsein, Durchfall, ein. Beim ersten Marsch nach längerer Ruhe mußten die Leute zugsweise austreten. Unter dem Marschieren schwand aber das Uebel bald.

Wenn es uns auch oft bei den anstrengenden Märschen und in geringen Quartieren schlecht erging, so brach doch immer wieder der soldatische Frohsinn und Uebermut durch. In jeder Kompagnie gab es einige Spaßmacher, die jeden Tag etwas neues wußten. Zum Marschieren wurden frohe und ernste Lieder gesungen. Außer der „Wacht am Rhein", „Morgenrot", „Ich hatt' einen Kameraden", „Steh ich in finstrer Mitternacht", „O Straßburg", noch folgende, die ich hier beifügen will:

Hinaus in die Ferne mit frohem Hörnerklang,
Erhebet die Stimme zum männlichen Gesang,
Der Freiheit Hauch weht mächtig durch die Welt,
Ein freies, frohes Leben uns wohl gefällt.

Wir halten zusammen, wie treue Brüder thun,
Wenn Tod uns umtobet und wenn die Waffen ruhn:
Uns alle treibt ein reiner freier Sinn,
Nach einem Ziele streben wir alle hin.

Der Hauptmann, er lebe, er geht uns kühn voran,
Wir folgen ihm mutig auf blut'ger Siegesbahn.
Er führt uns jetzt zu Kampf und Sieg hinaus,
Er führt uns einst, ihr Brüder, ins Vatershaus.

Wer wollte wohl zittern vor Tod und vor Gefahr?
Vor Feigheit und Schande erbleichet unsre Schar.
Und wer den Tod im heil'gen Kampfe fand,
Ruht auch in fremder Erde im Vaterland.

Oder:

Frisch auf, Soldatenblut, und habe frischen Mut
Und laß dich nicht erschüttern, wenn die Karthaunen wittern,
Schlage nur tapfer drein, ich will der Vordre sein.

Die Trommel rühret sich, ihr Klang war fürchterlich:
Man sah fast keinen Boden vor Sterbenden und Toten,
Da liegt ein Fuß, ein Arm, ach daß es Gott erbarm.

Wie mancher wird bestürzt und ganz mit Blut bespritzt:
Er faltet seine Hände und denket an sein Ende.
Schlaf, Jüngling, gute Nacht! dein Tagwerk ist vollbracht.

Wie manche junge Braut, die weinet überlaut:
Den sie so sehr geliebet, ist in der Schlacht geblieben.
Schlaf, Jüngling, gute Nacht! dein Tagwerk ist vollbracht.

Merkwürdig war mirs, wie immer wieder neue Lieder auf=
tauchten, wie folgendes, das allgemeine Heiterkeit hervorrief:

Der Kaiser Napoleon zog nach Rußland hinein
Und russischer Kaiser, das wollt er gleich sein.

Und als er ankommen, des Nachts um halb eins,
Da rief er gleich vivat, kein Mensch hat was g'sagt
Und sie hätten ihn viel lieber zum Teufel gejagt.

Gelt Bonapart, gelt Schnurrbart, das Ding hat sich g'wendt
Und du hast dir an Moskau die Nase verbrennt.

Die Nase verbrennt und verfroren die Zehn,
Gelt Bonapart, gelt Schnurrbart, kannst gleich wieder gehn.

Da ist er gefahren auf der extraen Post,
Auf der Bauern ihren Schlitten, wo's ihn hat nicht viel kost.

Da hat er verloren viel Geld und viel Gut,
An den Stiefeln die Sporen, die Borden am Hut.

Man sah es den Franzosen an, wie es ihnen übel zu
Mut wurde, wenn wir bei Schnee und Regen durch ihre
Dörfer hindurch unsere Lieder sangen, daß die Fensterscheiben
zitterten.

Das Verhältnis von uns Kriegsfreiwilligen und Ein=
jährig=Freiwilligen zu den andern Soldaten war bei uns
das allerbeste. Ich denke, es war dies überall so. Wo es
nicht so war, da waren die Freiwilligen wohl selbst daran
schuld. Wir wurden in die einzelnen Korporalschaften so
verteilt, daß in jeder Korporalschaft 1 oder 2 waren, die
Französisch konnten. Diesen Dienst, den wir der Korporal=
schaft leisteten, haben die andern Soldaten hoch geschätzt und
freiwillig andere Dienste, die auch für die Korporalschaft zu
leisten waren, das Fassen des Brotes und Fleisches, das
Kochen u. a. uns abgenommen und die bessere Lagerstätte
uns freiwillig eingeräumt. Als Dolmetschern kam uns auch
oft zu, zwischen dem Ungestüm der Soldaten und dem Trotz
der französischen Bauern zu vermitteln und so manches Unrecht
zu verhüten. Auch ließen die andern Soldaten gerne unsere
bessere Einsicht gelten und ordneten sich willig unserem Rate
unter. — Das Verhältnis der Offiziere und Mannschaften
war das des rückhaltlosen Vertrauens und des willigen Ge=
horsams. Wir sahen, wie unsere Offiziere für uns sorgten,
wie sie selber leisteten, was sie von uns forderten, so folgten
wir freudig, sie schickten uns nie in den Kampf, sie gingen voran.

VI. Vougeot.

Am 15. November erreichten wir nachts 10 Uhr Vougeot, nachdem wir um 4 Uhr morgens aufgebrochen waren. Eine halbe Stunde südlich von Vougeot, an der großen Straße, die von Dijon südlich nach Lyon führt, 4 Stunden von Dijon entfernt liegt das kleine Städtchen Nuits. Hier in Vougeot stand unser Bataillon bis zum 23. November auf Vorposten. Diese 8 Tage gehören für uns zu den wechselvollsten des ganzen Feldzugs. Am Morgen des 16. November maschierte unser Bataillon Nuits zu. Auf der Höhe vor Vosne kam ein Trupp französischer Reiter aus der Stadt heraus. Sie schossen ihre Gewehre auf uns ab und warfen ihre Pferde herum und jagten zurück. Hoch über uns zogen die Kugeln singend ihre Bahn, ein Ton, den wir hier of. hören sollten. Nuits war von den Feinden geräumt, wir blieben da bis verschiedene Requisitionen ausgeführt waren Von der Nacht zuvor hatten wir einige Flaschen Wein von Vougeot und diese belehrten uns, daß wir in einer Gegend waren, wo vom besten französischen Weine wächst. Nachmittags kehrten wir nach Vougeot zurück.

Unser Quartier erhielten wir in einem Schlößchen. Als die Korporalschaften vor dem Hause hielten und die Unteroffiziere in das Haus traten, um die Räume zu verteilen, winkte mir Uebelhör, unser Korporalschaftsführer, wie gewöhnlich, damit ich bei diesem wichtigen Geschäfte mitwirke. Eine

Schmitthenner, Erlebnisse.   4 breite Treppe führte zu einem geräumigen Saal im 2. Stock, rechts und links des Saales waren zwei kleine Zimmerchen. Ich trat durch den Saal in das kleine Gemach zur Linken und sah bald, daß es sich da gut sein ließe und sagte zu Uebelhör: „Da wollen wir herein." So kam es auch. In einem Teil des großen Saales kampierte unsere Korporalschaft, Uebelhör und ich bezogen das kleine Zimmer. Wir waren, das zeigte der erste Blick, im Boudoir eines jungen Mädchens. Alles machte den Eindruck, als ob das Zimmer noch am Tage zuvor bewohnt gewesen wäre und in Eile verlassen worden sei. Es stand darin ein vortreffliches Bett, ein Toilettentisch mit allem, was wohl auf den Toilettentisch einer vornehmen französischen Dame gehört. Ich machte zum Erstaunen Uebelhörs sofort Gebrauch von all den Dingen, die da standen, und fand alles zu irgend welchem Zwecke brauchbar. Die Kommode war verschlossen, der Schlüssel abgezogen, ich war so unhöflich, und so geschickt, das Schloß auch ohne Schlüssel zu öffnen. Wie schade, daß die feine Leinwand, die da drinnen lag, für uns eigentlich nicht brauchbar war. Am meisten that mir leid, daß ich die Strümpfe nicht anziehen konnte. Ich rühmte mich zwar eines zierlichen Fußes unter den Grenadieren, aber der Fuß, zu dem die Strümpfe und Pantoffeln paßten, die da sich fanden, war viel zierlicher als der meine und kein Dehnen und Ziehen half. Am besten kamen mir die feinen Taschentücher zu statten, ich versah mich damit denn auch reichlich.

Uebelhör meinte, zu dem feinen Quartier gehöre auch eine Flasche feiner Wein, der Verwalter, der wie ein böser Geist ruhelos auf- und ablief, solle eine aus dem Keller geben. Wenn Uebelhör etwas wollte, bekam ers meist. Der gutmütige Schornsteinfeger, der keinem Kinde etwas zu leid thun konnte, sah in seinem roten Barte, in dem meist einige Tropfen roten Weins wie Blutstropfen hingen, so grimmig aus, daß alle sich mühten, diesen fürchterlichen Menschen bei guter Laune zu erhalten. Der Verwalter hatte kaum Uebelhörs Wunsch vernommen, so brachte er uns auch eine Flasche und behauptete, das sei vortrefflicher Wein, das sei clot de Vougeot. Was das Wort clot bedeute, konnte er mir nicht erklären, oder ich verstand es nicht. Um mir alle Zweifel zu nehmen, schrieb er mir den Namen in mein Notizbuch und bemerkte dazu, die Flasche gelte 12 Franken. Das mag wohl so sein. Der Wein war ungemein wohlschmeckend und stark und hatte Uebelhörs vollen Beifall.

Als wir uns in unserem weichen Bette dehnten, schlug mir doch fast das Herz bei dem Gedanken: wenn die rechtmäßige Bewohnerin dieses Gemaches gesehen hätte, wie ich mit ihren Schwämmen und Bürsten gewirtschaftet, und wie ich ihr Weißzeug durchsucht und wie wir in ihrem Bette uns streckten, wie würde sie vor Zorn weinen, wie würde ihr die Freude an ihrem Stübchen, das die Barbaren entweiht, verdorben sein. Ich tröstete mich aber: wenn sie wüßte, wie wohl uns müden, heimatlosen Menschen in ihrem Gemach gewesen, würde sie nicht mehr zürnen.

Die Schloßherrlichkeit dauerte nicht lange. Am 17. November machten wir eine große Patrouille nach Chateau de deux mondes, ohne den Feind zu treffen. Unterwegs gesellten sich einige schöne Hunde zu uns, die offenbar französischen Offizieren gehörten. Solche Hunde zogen oft mit uns, allen Soldaten folgten sie, sichtlich war aber ihre Freude, wenn sie einen gefangenen französischen Soldaten fanden.

Am 18. hatten wir die Wache, am 19. waren wir in Allarmquartieren. Wir waren unmittelbar vor dem Feinde. Die Straße von Dijon nach Nuits, an der Vougeot liegt, hat zur Rechten das steil abfallende Côte d'or-Gebirge. Bis hart an die Straße gehen die Berge und sind von da oft ganz unzugänglich. Links der Straße dehnt sich die Ebene.

In den Bergen hatten sich die Franzosen festgenistet und von da aus beunruhigten sie uns fortwährend. In den Hof, in dem das Allarmquartier war, schossen die für uns völlig unsichtbaren Feinde wo 2 oder 3 beisammen standen. Wir konnten nichts dagegen thun. Dabei waren die Bewohner hier so feindselig wie kaum sonst wo, und es war ersichtlich, sie warteten nur auf den günstigen Augenblick, über uns herzufallen. So mußten wir Tag und Nacht gerüstet sein. Ein Glück für uns war es, daß es hier Wein genug gab. In der Mitte des Dorfs waren große Räume, in denen gewaltige Fässer standen, hier konnte Wein holen, wer wollte und wie viel er wollte. Daß wir den Weg zu diesem Weinbrünnlein oft genug einschlugen, kann man sich denken.

Wir hatten unser Schlößchen mit einer Mühle vor dem Dorfe vertauschen müssen. Der Tausch war schlecht. Die Mühle war zwar sehr groß und die Leute reich, aber geheuer wars uns nicht. Uebelhör meinte gleich am ersten Abend: „in der Mühle sind mehr Männer, als wir Soldaten, ich sehe immer andere Gesichter an den Mehlkästen." Es war kein Zweifel, daß diese Mühle die Verbindung bildete zwischen den Bewohnern des Dorfes und den Feinden draußen. Der Besitzer der Mühle war ein intelligenter Mann, der eine höhere Schule in Dijon besucht hatte und mit Stolz die dort gefertigten Zeichnungen zeigte, aber zu trauen war ihm nicht.

Der 20. November, es war mein Geburtstag, ein Sonntag, daheim feierten sie Buß- und Bettag, war für uns ein heißer Tag. In aller Frühe kam auf unsere abgelegene Mühle ein Bote, uns zu melden, daß unsere Kompagnie nach Nuits abmarschiere, wir sollten schleunigst nachkommen. Im Laufschritt hatten wir bald unsere Kompagnie eingeholt und erfuhren nun, um was es sich handelte. Am Morgen war aus dem letzten Hause von Nuits, es war ein schönes neues Landhaus, einer unserer Dragoner von Frantireurs weg

geschossen worden. Wir sollten das Haus, aus dem geschossen
worden war, anzünden und einige Bürger als Geißeln holen
für die der Stadt zur Strafe aufzulegende Kontribution von
5000 Franks. Vor der Stadt hielten 2 Züge, der Schützen=
zug, zu dem ich gehörte, eilte im Laufschritt nach Nuits. Die
Berge rechts kletterten voll Franzosen, doch behelligten sie
uns nicht. Die Stadt selbst war wie ausgestorben. Wir
umstellten die Mairie, sprengten die verschlossenen Thüren
derselben ein und fanden im hintersten Saale den Maire mit
einigen Gemeinderäten. Wir nahmen sie alle mit. Die
Aermsten meinten, sie sollten erschossen werden und setzten
sich mit dem Mut der Verzweiflung zur Wehre. Alles Zu=
rufen, sie sollten nur Geißeln sein, es geschehe ihnen kein
Uebel, war umsonst, wie wahnsinnig schlugen sie mit Händen
und Füßen um sich. Das gab denn für einige Minuten ein
tolles Durcheinander auf dem Marktplatze, bis schließlich die
Männer hüben und drüben von je einem Soldaten am Arme
gefaßt waren. Während dem kam ein Dragoner hereingalop=
piert, der uns zurückrief, sonst werde der ganze Zug durch
die den Berg herabströmenden Feinde abgeschnitten. Der
Dragoner war von den Franzosen heftig beschossen worden,
sein Pferd war wie toll, er hatte seinen Säbel gezogen und
wollte mit der flachen Klinge die sich widersetzenden Franzosen
zur Raison bringen, indem er uns zurief: „laßt mich ihnen
eins wischen!" Erst als Lieutenant Fritsch ihm zugerufen,
er solle machen, daß er fortkomme, löste sich der Knäul. Wie
ein Pfeil aus der Rinne des Bogens so flog der Reiter aus
der Gasse der Stadt auf der Straße zurück. Aber schneller
noch flogen die Chassepotkugeln. Er hatte etwa die Hälfte
des Weges zurückgelegt, da ein mächtiger Sprung und Roß
und Reiter lagen im Graben, der Reiter unverletzt, das Pferd
tot. Unsere Franzosen hatten endlich Vernunft angenommen
und liefen mit uns zurück. Unsere Sektion deckte den Rück=

zug. Die Vorderen waren durch die Franzosen geschützt, wir
als die letzten hatten keinen leichten Rückweg, blieben aber
alle unverletzt.

Der eine Teil unserer Aufgabe war gelöst; der andere
Teil, das Haus, aus dem der Dragoner erschossen worden
war, anzuzünden, noch nicht; das Feuer hatte nicht gefangen.
Darum wurde noch einmal eine Sektion zurückgeschickt, um
Feuer an dies Haus zu legen, Lieutenant Fritsch, Unteroffizier Salzer und etwa 6 Soldaten, darunter ich. Der
Weg, den wir zurückzulegen hatten, bot uns nur wenig Schutz
im Straßengraben und rechts desselben verdeckten uns teilweise
die Rebpfähle und Weinstöcke. Ueber den Straßengraben
führten etwa vier Brücken auf Feldwege. Ueber diese Brücken
mußten wir springen, hier fehlten auch die verbergenden Reb-
stöcke, auf diese Brücken hatten darum die Franzosen vor
allem ihre Gewehre gerichtet. Wir sprangen einzeln darüber
und hinter jedem Einzelnen prasselte eine ganze Hand voll
Kugeln auf die Straße nieder. Die Entfernung war immerhin so groß, daß die Sekunden, die die Kugeln bis zu uns
brauchten, doch ausreichten, um hinüberzukommen. Das
merkten die Franzosen sofort und hielten nun diese Brücken
unter beständigem Feuer. Das war wahrlich keine Kleinigkeit,
vier mal den Sprung zu wagen über die Stelle weg, auf
die nach einander die wohlgezielten Kugeln niederklatschten.
Wir kamen aber alle glücklich hinüber und erreichten das
Haus. Es war von seinen Bewohnern wohl schon lange verlassen, sonst hätten auch kaum die Franktireurs aus diesem
Hause geschossen, denn die Besitzer kannten gar wohl die
Straße, die über solche Häuser verhängt wurde. In einem
kleinen Nebengebäude saß zitternd ein alter Gärtner. Lieutenant Fritsch stand am Fenster, die Franzosen beobachtend
und trieb uns zur Eile. Wir wollten ein Paar Bund Stroh
oder aus einem Bett einen Strohsack holen zu unserm Feuer-

wert, Lieutenant Fritsch aber erklärte, wir müssen zurück, sonst wird uns der Rückweg verlegt. Wir rissen noch in der Eile die langen Vorhänge in dem schönen Gesellschaftszimmer herunter, ballten sie zusammen, zündeten sie an, warfen die Stühle darüber und verließen das Haus. Es war hohe Zeit, denn die Feinde hatten ihre Schlupfwinkel verlassen und waren unserm Hause nicht mehr fern. Wir erreichten aber alle wieder unversehrt unsere Kompagnie. Der Rückweg war nicht mehr so schlimm als der Herweg es gewesen war. Die guten Schützen von vorhin hatten offenbar ihre Plätze verlassen.

Inzwischen waren mehrere Kompagnien und 2 Geschütze nachgerückt. Als diese ihre Granaten auf die Rebhäuschen und Gebüsche des Berges warfen, sah man erst, wie viele Feinde hier steckten. Hinter allen Mauern hervor, aus jeder Hecke heraus kletterten sie und suchten teils ihr Heil, indem sie hinter dem Rücken des Hügels verschwanden, teils zogen sie sich weiter den Hang herunter und fanden da bessere Deckung. Nachdem so das Nest ein wenig gesäubert war, gingen wir zum dritten Male vor, um gründlich dem Feinde zu Leibe zu gehen. Bald standen wir wieder, unsere Kompagnie voran, an dem oft genannten Hause. Nun war Zeit, es in Brand zu stecken, aber unser Hauptmann sagte: „Laßt es stehen, die Häuser oben auf dem Berge sind uns gefährlicher.“ So entging es den drohenden Flammen. Neben diesem Hause führte ein Feldweg dem Berge zu, auf dem die Feinde sich festgenistet hatten. Nur auf diesem Feldwege konnten wir vorgehen. Auf der rechten Seite dieses Feldwegs führte eine etwa 300 Schritte lange Mauer hin. Auf der linken Seite des Feldweges, dem oben genannten Haus gegenüber stand eine kleinere, etwa 20 Schritte lange Mauer, weiterhin war der Feldweg nach links hin dem Feinde zu frei. Auf diesen Ausgang des Feldweges hatten die Feinde

ihre Gewehre gerichtet, sie wußten, daß wir nur von da
gegen sie vorgehen konnten und da sie völlig gedeckt lagen
und ruhig zielen konnten, war es ihnen auch leicht, den Aus=
gang durch dieses schmale Thor uns zu wehren. Wie denn
auch der erste an dieser Mauerecke sichtbar wurde, prasselten
die Kugeln hageldicht hernieder. Hätten wir nicht die schwere
Aufgabe gehabt, hier vorzugehen, so hätte man seinen Spaß
daran haben können. Man brauchte nur den Gewehrkolben
ein wenig vor die Ecke zu strecken, so hagelte es Kugeln
drauf los. Kein Wunder, daß die ersten bei solchem Empfang
wieder zurückstauten. Aber da galt es kein langes Besinnen.
Lieutenant Fritsch stellte sich an die Spitze des Zugs und
kommandierte: „Erste Sektion, mir nach, vorwärts!" und sprang
hinaus, die Sektion ihm nach. Lieutenant Fritsch und ein
Grenadier kamen glücklich vor der ersten Salve hinaus, den
dritten Mann traf eine Kugel vorn auf das Schloß des
Gürtels von der Seite. Das starke Schloß bog sich über
der Kugel so zusammen, daß die Kugel darinnen gefangen
war, den starken Mann aber drehte die Kraft der Kugel wie
einen Kreisel herum, so daß er mit seinen ausgebreiteten
Armen die hinter ihm stehenden wieder zurück drängte, dem
Vierten streifte eine Kugel die Wange, einen roten Strich
auf der geritzten Haut zurücklassend wie von einer Reitpeitsche.
Lieutenant Fritsch und der eine Soldat rannten der Mauer
entlang, so lang die Mauer ging das Ziel der zahlreichen
Feinde, die ein Schnellfeuer auf die beiden machten, daß es
ein Wunder ist, daß sie nicht getroffen wurden. Zu ihrem
Glück standen da, wo die hohe Mauer ein Ende hatte, Platten
zur Einfriedigung des Feldes aufgerichtet, hinter denen fanden
sie Deckung. Von dort winkte Lieutenant Fritsch uns nach=
zukommen. Wir wagten denn nun einzeln, jeder, wann er
wollte, den Sprung hinaus auf die gefährliche Bahn. Es
konnte einem heiß werden auf diesem Wege. Fortwährend

spritzten einem von rechts die Steinsplitter ins Gesicht, die
die Kugeln da losschlugen. So ernst es aber auch den
Franzosen war, uns zu treffen, wir saßen bald zu 6 oder 8
unversehrt hinter den Steinen und schossen von da, so schnell
wir die Patronen in den Lauf brachten. Das ruhige Zielen
der Feinde hatte nun eine Ende und wir hatten den schweren
Anfang überwunden. Langsam schoben wir uns hinter den
Steinen vor, die Andern kamen nach und bald standen die
Vordersten im toten Winkel, d. h. dem Berge so nahe, daß
die vorliegenden Häuser uns deckten. Wir waren etwa 8,
Lieutenant Fritsch und Gefreiter Büchler dabei. Hier hieß
Lieutenant Fritsch uns halten, er meinte, wir seien zu wenig,
um allein weiter vorzugehen, er selbst ging mit einem Soldaten zurück, um Andere nachzuholen. Wir standen zwischen
den letzten Bauernhäusern von Nuits, wehklagende Frauen
flüchteten ihre Kinder und ihre Habe in die Keller. Da wurde
aus einem der Häuser auf uns geschossen. Die Kugel fuhr
zwischen unsern Köpfen hindurch ohne einen zu verletzen.
Unsere Erbitterung war begreiflicherweise groß. Dem Feinde
in offenem Gefechte zürnt der Soldat nicht, er weiß, jener
thut, wenn er mich verwunden oder töten will, nur seine
Pflicht: aber das erfüllt ihn mit Zorn, wenn solche, die
friedliche Bürger zu sein sich den Anschein geben und den
Schutz der Soldaten beanspruchen, ihn meuchlings überfallen.
Um solch einen heimtückischen Ueberfall handelte es sich
offenbar hier. Unmittelbar auf den französischen Schuß hatte
einer der Unsern durch die Thüre eines großen Hauses eine
Kugel gesandt, er behauptete, daher sei der Schuß gekommen.
Das war offenbar Täuschung. Von der Hausthüre aus war
nicht geschossen worden, wohl aber kam die Kugel aus jener
Richtung. In das Haus einzudringen, dazu war unsere Zahl
zu klein, als wir aber um das Haus herumgingen, standen
hinter demselben 5 oder 6 französische Bauern beisammen.

Ich erschrak, als ich sie sah, denn ich wußte, um was es sich handeln würde. Wir riefen sie zunächst heraus auf die Straße. Dann: „Wer von euch hat geschossen? was habt ihr hier beisammen zu stehen?" Die Franzosen ahnten auch, um was es sich handle und beteuerten hoch und heilig, von ihnen habe keiner geschossen und sie hätten keine böse Absicht. Während ich mit ihnen verhandelte, hielt Büchler mit den Andern Kriegsgericht. Sie waren rasch fertig: „Schmitthenner, geh auf die Seite, die werden erschossen." Als ich mich umwendete, standen sie in Reih und Glied und warteten nur bis ich zu ihnen trete. Wer aus Erfahrung den Zustand der Erregung kennt, in dem der Soldat ist, wenn er einmal 20 Patronen verschossen und ungezählt das Einschlagen der Kugeln neben sich gehört hat, wer es weiß, wie da alles, was ein Mensch an körperlicher Kraft und an seelischer Leidenschaft besitzt, in ihm in ungeahnter Weise lebendig wird, der wird es begreifen, wie in unseren Soldaten das Rechts= gefühl solche Sühne forderte und wie die Stimme des Ge= wissens neben der der Leidenschaft verstummte. Ich hatte, Gott sei Dank, noch Besonnenheit genug, um zu erkennen, daß wir kein Recht hatten, diese Bauern zu erschießen. Ver= dächtig war ihr Beisammenstehen, eine gute Absicht hatten sie nicht, aber es war fast nicht möglich, daß einer von diesen geschossen hatte, sie hätten sich dann doch davon gemacht und wären nicht stehen geblieben. Aber was gelten Gründe solcher Leidenschaft gegenüber! Mir schoß das Blut in den Kopf bei dem Gedanken an die Scene, die das geben würde und bei dem Gedanken, daß ich schließlich es nicht hindern könne. Aber ich widersetzte mich mit aller Energie. Unter den andern war Büchler schon lange Gefreiter, ich war erst zum Gefreiten bestimmt, hatte aber die Knöpfe noch nicht, beim Militär gilt die Charge Alles, ich war also von Vorn herein weit überstimmt. Nur dem Uebergewicht, das die

Genossen mir meiner höheren Bildung wegen freiwillig ein=
zuräumen gewohnt waren, war es zu danken, daß sie das
Urteil nicht ohne meine Zustimmung und Mitwirkung aus=
führen wollten. Ich blieb aber dabei: „Es darf nicht sein."
Während die Andern auf mich einstürmten, hätte beinahe
einer der Bauern sein und der Andern Schicksal entschieden.
Unbemerkt ging er einige Schritte rückwärts und war eben
daran, Kehrt zu machen nach der nächsten Hausecke hin, als
wir es bemerkten. Das war ihr Glück, daß er auf meinen
Ruf stand und wieder kam, noch einen Schritt und es wäre
kein Einhalt mehr möglich gewesen. Von neuem drängten
die Genossen auf mich ein, der Fluchtversuch des Bauern
schien ihnen ein Beweis ihrer Schuld, da fand ich gerade
noch zur rechten Zeit das Wort, das wenigstens Zeit ge=
winnen ließ: „Wir warten bis der Lieutenant kommt." Das
schlug durch. „Wie der Lieutenant entscheidet, so wird es
gemacht." Damit waren alle zufrieden. Und nun standen
denn die 2 Gruppen noch ein paar Minuten schweigend sich
gegenüber, den Bauern stand die Todesangst auf dem An=
gesicht, sie wußten eine Entscheidung ist gefallen. Bald kam
Lieutenant Fritsch mit einem Trupp. Selten haben wohl
Advokaten die Angeklagten heftiger beschuldigt und verteidigt
als Büchler die Bauern anklagte und ich sie verteidigte. Es
handelte sich auch um mehr als viel Geld und Gut, es
handelte sich um das Leben von 6 Männern, die wohl alle
Weib und Kind hatten und es handelte sich um das gute
Gewissen von 6 anderen Menschen. Erstaunt sah Lieutenant
Fritsch in unsere glühenden Gesichter. „Was ist geschehen?"
Seine Entscheidung warf die ganze Sache uns wieder zurück:
„Thut, was ihr für recht haltet, ich war nicht dabei, ich kann
nicht entscheiden, aber macht schnell! Wir wollen weiter!"
Nun wußte ich, daß ich gewinnen werde. Lieutenant Fritsch
wartete nicht; in aller Schnelligkeit galt es zu handeln, das

kam mir zu statten, nur widerstrebend gaben die Andern nach.
Da fand einer den Mittelweg, er zog den Entladestock, die
Andern folgten dem Beispiel und willig bot Jeder der
Bauern seinen Rücken dar und empfing mit der langen,
dünnen Stahlgerte einen Hieb, dann liefen sie heulend auseinander. Wenn es wieder bei Nuits knallte und das kam
noch manches Mal vor, sind diese Bauern gewiß daheim
geblieben, sie hatten erfahren, daß das Herumlauern, wenn
geschossen wird, eine sehr gefährliche Sache ist. Ich war
froh und dankte Gott im Herzen, als das vorüber war und
ich glaube, daß Keiner der Andern es später bereut hat, daß
den Bauern das Leben gelassen wurde. Noch aus einem
andern Grund durften wir mit diesem Ausgang zufrieden
sein. Es ist mir kein Zweifel — in jener Stunde freilich
dachte keiner von uns in der Aufregung daran, — daß
vielleicht ein Dutzend Franktireurs Zeugen dieser Scene waren
und ebenso viele Gewehre auf uns gerichtet hatten, entschlossen,
in dem Augenblick, in dem wir die Gewehre hoben, uns zuvor zu kommen und so wäre leicht der Ausgang ein ganz
anderer gewesen, als wir meinten.

Vor solche Entscheidung, wie wir hier, waren unsere
Soldaten manches Mal gestellt. Es war wohl nicht immer einer
dabei, dem noch so wie mir das Herz schlug, bei dem Gedanken,
einen Menschen, dessen Schuld nicht sicher erwiesen ist, zu
erschießen. So viel ich aber weiß, haben die Franzosen den
Vorwurf gegen uns nicht erhoben, daß unschuldige Bauern
von uns erschossen worden seien, so hatten wohl auch alle
Erschossenen die Strafe, die sie ereilte, verdient.

Von den letzten Häusern aus ging es den Berg hinauf.
Langsam wichen die Franzosen zurück, von allen Seiten drangen
unsere Grenadiere truppweis der Höhe zu. Neben dem Weg,
auf dem unser Trupp aufwärts strebte, lag ein paar Schritte
im Weinberg ein verwundeter Franktireur-Offizier, ein Chassepot-

gewehr hatte er an einen Rebstock gelehnt. Ein Grenadier trat zu ihm und nahm ihm den Revolver ab, den er in seiner Hand hielt. Es war eine schöne Waffe mit elfenbeinernem Griff. Lieutenant Fritsch gab dem Grenadier dafür, was er an Geld bei sich hatte, und versprach ihm noch mehr. Der französische Offizier war aufgestanden. Es war ein blutjunger Mensch, um eine Kopfwunde hatte er ein Tuch gebunden, fragend sah er den Lieutenant an und man sah, wie ihm Freude und Dank aus den Augen leuchtete, als der ihn mit dem Soldaten, der ihm den Revolver abgenommen hatte, zurückschickte. Unterwegs gab er seinem Begleiter noch seine Börse; wie viel drinnen war, weiß ich nicht, den Geldbeutel hat später Büchler gehabt. Der Aermste meinte wohl, damit sein Leben zu retten. Unten hieß es: „was bringst du mir den Menschen, wir dürfen ja keine Franktireurs zu Gefangenen machen." Als der Grenadier auf ihn anlegte, zitterte er, die Kugel ging ihm durch den Hals, ein anderer sprang hinzu und machte seinem Leiden ein Ende.

Am folgenden Tage kam der Befehl, daß fortan auch Franktireurs zu Gefangenen gemacht werden dürfen.

Oben auf dem Berge drängten wir die Franktireurs von Mauer zu Mauer. Als ich mit einem Genossen um solch eine Weinbergsmauer bog, prallten wir auf zwei Franzosen, die um die andere Ecke der Mauer 30 Schritt vor uns liefen. In dem Augenblick, in dem sie sich wandten, schossen wir zu gleicher Zeit und fehlten beide. Die Franzosen liefen der nächsten Mauer zu, wir hinter ihnen her, zu gleicher Zeit schossen wir wieder und beide Franzosen stürzten neben einander zu Boden. Wir traten zu ihnen. Sie lagen beide auf dem Gesicht, beide durch die Brust geschossen, schwer röchelnd. Den einen betrachtete ich mit dem Gedanken: „den hast du zum Tod getroffen." Es ist eigen. Eine halbe

Stunde zuvor ergriff mich eine Angst, die ich nicht beschreiben kann, als die Bauern erschossen werden sollten und dort hätte ich ja Zuschauer bleiben können, und nun stand ich neben Einem von meiner Hand sterbenden Menschen mit ruhigem Gewissen. Ich habe, wie jeder begreifen wird, oft an jenen Augenblick gedacht. Wer wie ich auf dem Lande wohnt, hat manchen Weg in der Nacht allein zu gehen, da fallen Einem die alten Geschichten ein. Ich habe aber noch nie mit unruhigem Herzen an jenen sterbenden Franzosen gedacht. Das macht das Bewußtsein, nur die Pflicht gethan zu haben. Das Gefühl habe ich aber immer gehabt, es wäre Sünde, wenn ich mich dieser That rühmen wollte.

Der Feind wich bald völlig, die 8. Kompagnie setzte ihm nach. Wir kehrten nach Vougeot zurück, indem wir beim Hinuntersteigen die kleinen Häuser auf dem Berge, von denen aus die Franktireurs die Straße unten unsicher machten, den Flammen übergaben. Wir hatten 3 Tote und einige Verwundete, eine erstaunlich kleine Zahl im Vergleich zu der Munitionsvergeudung der Franzosen.

Es dämmerte, als wir in unser Quartier in der Mühle kamen. Ich ging hinunter an den Teich, um meine Hände zu waschen, da trat der Müller zu mir und frug mich nach dem Ausgang des Gefechts, dessen Schießen sie gehört hatten. Als ich ihm sagte, daß wir die Franktireurs bei Nuits vertrieben und daß ich etwa 20 Tote derselben gesehen hätte, schimpfte er auf die Franktireurs, man solle sie alle ohne Gnade erschießen. Wenn ich noch daran gezweifelt hätte, daß er selber es mit den Franktireurs hielt, und selber gelegentlich einer war, so wäre es mir da zur Gewißheit geworden.

In Vougeot wurde es immer ungemütlicher. Am 21. machten wir eine Patrouille nach Vosne, das Dorf schien ausgestorben, kein Mensch ließ sich sehen, das war immer

ein Zeichen für die böse Absicht und das böse Gewissen der
Bewohner. Am Abend wurden wir in aller Stille wieder
alarmiert. Es war kein Zweifel, daß für diese Nacht die
Feinde einen Ueberfall geplant hatten. Verschiedene verdächtige
Aeußerungen waren gefallen, obgleich wir Wein genug hatten
— die großen Fässer, von denen ich oben erzählt, flossen
noch — hatten die Einwohner da und dort den Soldaten
Wein vorgesetzt und gesucht, sie zum übermäßigen Trinken
zu veranlassen; vor allem war verdächtig, daß eine Menge
Gesindel im Dorf auftauchte, niemand wußte, woher diese
Gestalten alle gekommen waren. Solchem Ueberfall sollte vor=
gebeugt werden. Es sollten darum die hier liegenden Kom=
pagnien, oder wenigstens die unsere, die Nacht über auf der
Dorfstraße unter dem Gewehr bleiben. Das war keine an=
genehme Aussicht. Von unseren Leuten hatte einer etwas
in der Mühle vergessen. Da wir voraussichtlich nicht mehr
dahin zurückkehrten, wurden wir zu viert dahin geschickt, um
die vergessene Sache zu holen. In aller Eile waren die
Eingänge in unser Dorf durch Barrikaden gesperrt worden.
Der Hauptbestandteil solch einer Barrikade ist ein mit Mist
beladener Wagen, der zum Umstürzen gebracht worden ist.
Solch ein Hindernis ist schwer genug, um nicht leicht weg=
geschafft werden zu können, an demselben lassen sich dann
mit Leichtigkeit weitere Hindernisse anbringen, so daß solch
ein Berg auch nicht leicht zu übersteigen ist. Wir mußten denen,
die hier zu wachen hatten, das Zeugnis geben, daß sie ihre
Sache gut gemacht hatten, denn obgleich sie uns leuchteten
und die schwachen Seiten ihrer Barrikade zeigten, hatten wir
Mühe, darüber zu klettern. Unser Müller hatte inzwischen
seine Mühle zu einer kleinen Festung umgewandelt. Das
starke Hofthor hatte er geschlossen und seine großen Hunde
von der Kette losgelassen. Es dauerte lange, bis er auf
unser Klopfen uns aufthat. Seiner Hunde konnten wir nur

mit Mühe uns erwehren: als wir drohten, sie zusammen zu
stechen, legte er sie an die Kette. Ich war froh, als wir
das unheimliche Haus wieder hinter uns hatten.

Bei solchen Gelegenheiten leistete das Bajonett, das
immer aufgepflanzt war, vortreffliche Dienste. Ich hätte
nicht Soldat sein mögen ohne Bajonett. Ich weiß, daß mein
Urteil nichts gilt, also kann ich um so ungenierter es aus=
sprechen. Es thut mir leid, daß das Bajonett abgeschafft
ist. Wohl ist es für den Soldaten eine Erleichterung, kein
Bajonett und statt des schweren Faschinenmessers ein leichtes
Seitengewehr zu haben, das für den Nahekampf als Bajonett
aufgepflanzt werden kann. Aber ich hätte auch das Faschinen=
messer nicht entbehren mögen. Wie brauchbar war dasselbe
zum Holzspalten, Bäumefällen, Steine lossprengen. Der
starken Klinge konnte man etwas zumuten und wie brauchbar
wäre im Notfall das Faschinenmesser im Kampfgedränge gewesen,
wie ein kurzes römisches Schwert. Im Verkehr mit den Bauern,
in ihren Häusern und auf den Gassen kam uns das Bajonett
sehr zu statten. Mochte man das Gewehr scheinbar nach=
lässig in der Hand halten oder unter dem Arm tragen, so
flunkerte der glatte, spitze, dreikantige, unheimliche Stahl dem
Franzosen vor dem Gesicht oder vor den Beinen; faßte man aber
das Gewehr fest an, so lag in einer leisen Drehung schon eine
Drohung, die jeder verstand. Unser Gewehr selber hatte
freilich seine großen Mängel, der größte war seine geringe
Tragweite. Und doch wie hatte jeder sein Gewehr so lieb!
und wie war er mit ihm vertraut! wie pflegten wir es, daß
es schön blank blieb! Als ich im vorigen Jahre bei einem
Bekannten in einer dunkeln Ecke ein Gewehr stehen sah und
mechanisch danach griff, in dem Augenblick, in dem meine Finger
den Lauf umfaßten, wußte ich, daß ich den Kriegskameraden
von 1870 in der Hand hielt und doch hatte ich seit dem
Krieg kaum einmal ein Zündnadelgewehr gesehen. Ich ver=

suchte die Griffe: „Gewehr auf, Gewehr ab! das Gewehr über."
Sie gingen nicht mehr. Das Chargieren aber hatte ich noch im
Griff, als ob ich es täglich geübt hätte.

Doch zurück nach Vougeot. Für den Fall, daß wir
von einer Uebermacht überfallen und zum Rückzug gezwungen
würden, wurden wir genau instruiert. Unsern Rückweg hätten
wir in dem Einschnitt der Eisenbahn genommen, die einige
Minuten entfernt an Vougeot vorüber führte und für diesen
Fall waren auf dem Felde zwischen dem Einschnitt und dem
Dorfe große Haufen Rebpfähle aufgeschichtet, diese hätten wir
angezündet, um zwischen uns und der etwaigen Uebermacht
ein beleuchtetes Feld zu schaffen, über das hinweg zu kommen
dem Feinde schwer geworden wäre. Nachdem wir 1—2
Stunden gestanden, durften wir in die an der Straße liegenden
Häuser treten. Die einzelnen Offiziere hatten die Verant=
wortung dafür übernommen, daß beim ersten Zeichen ihre Züge
bereit stehen. Während der Nacht fiel ein Schuß vor dem
Dorfe, in einer halben Minute stand wieder alles bereit, der
Feind kam aber nicht.

Am anderen Morgen bezog unser Zug die Feldwache
vor dem Dorfe. Hier kam uns wieder einmal die Feldpost
zu, das war große Freude, sie brachte Briefe aus der Heimat,
Zeitungen und Zigarren. Das war eine Wohlthat. Die
Zigarren=Stummel, die wir wegwarfen, lasen die Dragoner
eifrig auf zum Kauen. Darin leisten die Dragoner etwas.
Sie halten das Kauen für etwas, das zum Soldaten, zumal
zum Dragoner gehört, während die Grenadiere es für unpassend
halten oder nur im Geheimen es ein wenig treiben.

Am Nachmittag schien der Feind einen ernsten Angriff
machen zu wollen. Auf 6—800 Schritte machten sie Halt
und überschütteten unser Dorf mit einem Kugelhagel, näher
heran wagten sie sich nicht. Auch Geschütze führten sie ins
Feld, die aber durch unsere Batterie bald zum Schweigen

gebracht waren. Für die Nacht rüsteten wir uns wieder auf einen Ueberfall, dieses Mal aber war man unsererseits ent= schlossen, das Dorf nicht zu räumen. Die Mauern, mit denen die Weinberge am Dorf umgeben sind, wurden von uns auf Brusthöhe abgebrochen, an einzelnen Stellen blieben die Mauern in der ganzen Höhe stehen, um die Zugänge zu decken und beim Dunkelwerden wurden wir zur Probe an unsere Plätze geführt, so daß wir für alles bereit waren. Wir warteten wieder umsonst, es war den Franzosen mehr darum zu thun, uns nicht zur Ruhe kommen zu lassen, als einen ernsten Gang mit uns zu wagen.

Am 23. wurden wir nach Dijon zurückgezogen, da der Schwerpunkt unserer Thätigkeit mehr nach Nordwesten sich wenden sollte. Während dieser acht Tage in Vougeot war ich in Gefahr, krank zu werden. Unsere Nahrung bestand Tag für Tag aus Rindfleisch und Reis. In jenen Tagen hatte ich gegen beides solchen Widerwillen, daß es mir nicht möglich war, das eine oder das andere zu essen. Brot gab es fast keines, so lebte ich diese Tage fast nur von Wein und Mispeln, die es dort in den Gärten in Masse gab, mit denen ich mir täglich die Taschen füllte. Seitdem ist für mich mit dieser Frucht die Erinnerung an jene Tage in Vougeot unzertrennlich verbunden. Nach einigen Tagen war der Widerwille gegen Fleisch vorüber, der gegen den Reis ist mir geblieben. Als in den ersten Tagen nach der Heimkehr meine Mutter mich fragte „was soll ich dir kochen?" war meine Antwort: „nur keinen Reis, sonst was du willst."

VII. Pasques. Im Ouche-Thal. Saint-Jean de Losne.

In Dijon hatten wir drei Ruhetage, die thaten uns gut. Bei diesen regelmäßig wiederkehrenden Ruhetagen erhielten wir unsere Löhnung. Als Gefreiter erhielt ich in 10 Tagen 5 Franken, das macht auf den Tag ½ Franken, das ist nicht viel, aber meist hatten wir 8 Tage von den 10 keine Gelegenheit, Geld auszugeben, sodaß es uns doch immer reichte. Ich habe, so viel ich mich erinnere, von zu Hause während des ganzen Feldzuges kein Geld mir schicken lassen, auch nicht viel mitgenommen, es war auch nicht nötig. Beim Löhnungfassen fiel uns Freiwilligen meist die Aufgabe zu, größere Scheine, oft Hundertthalerscheine, wechseln zu lassen. Das war nicht leicht. Kein Bankier, kein Kaufmann wollte auf solchen Schein sein Gold hergeben. Wir fanden aber bald ein probates Mittel, unsere Scheine gewechselt zu bekommen. Wir associerten uns und tranken in einem Gasthof etliche Flaschen Wein und bezahlten mit unserem Schein. Dem Wirt blieb keine andere Wahl, als unsern Schein zu wechseln, wenn er nicht auf Bezahlung verzichten wollte.

Am 26. saßen wir abends in einem großen Restaurant und tranken Cassis. Da rief einer herein: „es schlägt General-marsch" und im selben Moment tönten die Trommelwirbel herein. Im Nu war der Saal leer, draußen auf den Straßen nichts wie durcheinander rennende Soldaten, alles eilte heim.

5*

Der Soldat soll immer alles gerüstet haben, die Tornister gepackt, alles beisammen: aber wie es eben geht, man hat doch das oder jenes, das man täglich braucht, ausgepackt: nun gilts rasch packen, da darf keine Schnalle brechen und kein Riemen reißen. Mit einer unheimlichen Hast wird umgehängt, mit erstaunlicher Schnelligkeit ist alles fertig, vor den Häusern sammeln sich die Korporalschaften, rasch abgezählt, alles da, „Gewehr über, rechts um! Laufschritt!" Auf etwaige Nachzügler wird nicht gewartet. Nun wieder dasselbe Rennen wie vor einer Minute, im Laufschritt eilen die Korporalschaften auf den Sammelplatz, dort ordnen sich in der Finsternis die Kompagnien. Das ist auch eine Leistung. Die einzelnen Abteilungen schieben sich hin und her und durcheinander und in kurzer Zeit steht das Bataillon. So sammelten wir uns also am 26. auf dem Platz d'Arcy. Was war geschehen? Garibaldi hatte seine Armee gesammelt, die Gefechte der vorhergehenden Tage waren bestimmt, seine Absichten zu verbergen, am 26. versuchte er, Dijon durch einen Ueberfall zu nehmen. Die Vorposten hatten teilweise seiner Uebermacht weichen müssen. Für alle Fälle bereit zu sein, waren wir allarmiert worden. Für jede Stunde, sicher für den andern Tag war der Zusammenstoß mit ihm zu erwarten. Wir setzten die Gewehre zusammen und erhielten die Erlaubnis, in dem großen Hotel, das an jenem Platze steht, Unterkommen bei der kalten Nacht zu suchen. So viele Gäste wie in jener Nacht hat jenes Hotel kaum je in einem ganzen Jahre beherbergt; die Herberge war auch darnach. Eine Leistung aber hat jenes Haus in jener Stunde, als wir eindrangen, gethan, nicht an Speise und Trank, davon gab's nichts, aber eine Probe seiner festen Mauern hat es damals bestanden, als das ganze Bataillon im Laufschritt hineinstürmte, die Treppe hinan bis auf den Speicher hinauf, alle Räume füllend bis auf den letzten Platz. Unsere Korporalschaft eroberte glücklich noch ein Stübchen, das schmale Bett darinnen reichte nur für den Unteroffizier, wir andern lagen auf dem kalten Stubenboden.

Als es gegen den Morgen ging, weckte ich einen Kameraden. Das Nachtessen hatten wir noch zu gut; Kaffee zum Frühstück gab's hier keinen und daß es Abend werden würde, bis wir mit Garibaldi abgerechnet, war zu erwarten. Wir wollten sehen, ob wir nicht in einem Bäckerladen unsere Brotbeutel füllen könnten. Den Anblick, der sich uns bot, als wir auf den Gang heraus kamen, werde ich nicht vergessen. Der ganze Gang lag, die ganze Treppe saß voller schlafender Soldaten. Ueber diese Menschenmasse hinwegzukommen, war nicht möglich. Wir wußten aber Rat. Auf dem Treppengeländer rutschten wir vom vierten Stockwerk aus hinunter. Wohl ächzte das dünne Geländer, aber es hielt doch aus. In der Stadt füllten wir unsere Brotbeutel mit frischen Wecken und kamen gerade wieder zurück, als angetreten wurde. Das war gut.

Während der Nacht hatte Garibaldi schon wieder den Rückzug angetreten. Wir mußten eilen, wenn wir ihn noch fassen wollten. Wir waren bei den Truppen, die den Feind zu umgehen hatten. Wir marschierten vom frühen Morgen bis gegen Mittag, unser Weg führte zuletzt einen steilen Weg hinan durch einen großen Wald. Fünf Minuten ehe der Weg die Höhe des Berges erreichte, hörte der Wald auf, oben auf der Höhe führte ein Weg entlang, der unsern Weg rechtwinkelig kreuzte. Auf dieser Straße marschierte eine Abteilung Franzosen von 500 bis 600 Mann, als gerade unsere Spitze aus dem Wald heraustrat. Die Franzosen waren durch ihre Stellung entschieden im Vorteil, sie brauchten nur rechtsum zu machen, so standen sie gefechtbereit, wir mußten erst aufmarschieren: jene standen auf der Höhe, unser Weg zum Angriff führte noch steil bergan. Die Ueberraschung

der Franzosen kam uns aber zu statten. Ehe sie sich be=
sonnen hatten, was zu thun sei, waren unsere und die 5. Kom=
pagnie rechts und links am Wege im Laufschritt vor dem
Walde aufmarschiert und war die Batterie Holtz aufgefahren.
Ob es ihr gelinge, kampfbereit zu sein, ehe der Feind sich
besonnen und sich auf uns gestürzt, davon hing wohl die
Entscheidung ab. In solchen Augenblicken thut jeder brave
Soldat und jedes brave Pferd doppelt seine Schuldigkeit.
Es war ein Anblick, der zur Bewunderung hinriß, als die
Batterie im Galopp vor unsere Front auffuhr und Haupt=
mann Holtz an der Seite seiner Batterie noch halbwegs dem
Feind entgegenritt, um die Entfernung sicher abzuschätzen, als
er von da aus seinen Geschützen das Kommando zurief und
dann, als gleich die erste Granate in den Feind schlug, lang=
sam sein Pferd wieder rückwärts wandte. Ich bin überzeugt,
so wie jedem von uns, der das mit angesehen, bei dem Ge=
danken daran heute noch das Herz höher schlägt, so steigt
jedem Franzosen, der damals mit dabei gewesen, heute noch
das Blut in den Kopf vor Scham und Zorn, daß sie das
duldeten, daß jener kühne Hauptmann der Gefahr spottend,
ihnen halbwegs allein entgegenritt, um die Entfernung sicher
zu haben. Die erste Granate löste sie aus ihrer Ueber=
raschung, ihre Salven kamen aber einige Minuten zu spät;
den Granaten gegenüber hielten sie nicht lange Stand und
nach dem Vorbild, das wir gesehen, war es kein Wunder,
daß wir mit Wucht zum Angriff übergingen. Obgleich das
Dorf, das oben lag, trefflich zur Verteidigung hergerichtet
war und obgleich die Höhe, die wir zu nehmen hatten, noch
eine beträchtliche war, stand der Feind nicht mehr. Als wir
auf der einen Seite in das Dorf eindrangen, flohen die Fran=
zosen auf der andern Seite hinaus. Da, wo unsere Granaten
eingeschlagen hatten, sahen wir im Vorbeieilen bei den fran=
zösischen Verwundeten weibliche Krankenträger in Männer

uniform, ein unschöner Anblick. Im Dorfe galoppierten zwei gesattelte Pferde herum, die wir fingen als Beute für unsere Kompagniekasse: für jedes diensttaugliche Pferd erhält die Kompagnie, die es erobert, eine bestimmte Summe, ich glaube, es waren 40 Gulden, in ihre Kasse. Die Feinde verschwanden bald in dem nahen Walde. Links von uns hatten andere Kompagnien weitere Abteilungen zurückgeworfen. Wir traten auf demselben Wege den Rückmarsch an, und erhielten Quartiere in Plombières vor Dijon. Hier hatten wir auch am 28. November Vorpostendienst.

Die folgenden fünf Tage waren ausgefüllt durch einen Marsch in dem Ouche-Thale. Die Brigade Keller hatte die Aufgabe erhalten, gegen Garibaldi einen entscheidenden Schlag zu führen und folgte demselben nach Autun. Unser Bataillon hatte die Brigade Keller gegen Nuits und Beanne zu zu decken. Wir führten immer lieber selber Schläge, als daß wir andere es thun ließen und sie dabei deckten. Zudem gabs schlechte Quartiere und der Wein wurde in dieser so oft durchstreiften Gegend allmählig alle. Am 29. November quartierten wir in St. Marie sur Ouche, am 30. in Crugey, am 1. Dezember in Lacauche, am 2. in Sombernon nach langem Marsche. Am 3. traten wir den Rückweg an. Die Brigade Keller war schleunigst zurückgerufen worden, weil sie in Gefahr war, abgeschnitten zu werden und weil Dijon selbst wieder bedroht wurde. Kurz vor Plombières wurden wir wieder nach rückwärts gerufen, die Brigade Keller war von Uebermacht angegriffen worden, erzwang sich aber selber den Abzug, sodaß wir nach einer Stunde wieder Kehrt machten und nach zehnstündigem Marsche Dijon erreichten. Es war kalt geworden, es schneite und stürmte, das hielt uns nicht ab, mit dröhnendem Gesange in Dijon einzumarschieren. Es hatte jedes Regiment allmählig ein Leiblied, das unsere war: „O Straßburg" und wir sangen

es immer wieder mit neuer Lust und je schlimmer das Wetter
war, um so lauter mußte unser Gesang schallen, daß die
Dijonesen doch auch wußten: die mit den weißen Krägen
rücken wieder ein!

Am 4. Dezember bezogen wir die Wache beim Hotel
de la Gloche Das war auch nicht nach unserem Geschmack, wir
betrachteten das Postenstehen in der Stadt fast als etwas,
das eigentlich unter der Würde des Leibregiments stehe.
Einen besonderen Wert erhielt aber dieses Postenstehen da=
durch, daß es an diesem 4. Dezember furchtbar kalt war.
In jenen Tagen sank das Thermometer bis auf 18 Grad
unter Null.   Der arme Soldat kann nun nicht wie ein anderes
Menschenkind sagen: „heute ist's kalt, ich will ein Paar
warme Strümpfe und eine warme Jacke anziehen.“ Er hat
nichts weiter, als was er anhat, das trägt er, bis er ein
neues Hemd oder neue Strümpfe faßt oder durch die Feld=
post bekommt, dann wirft er das alte weg und niemand hebt's
mehr auf. Später gab's warme Postenmäntel, in jenen Tagen
waren wir noch in keiner Weise gegen solche Kälte gerüstet,
später wurde auch, wenn es so kalt war, alle Stunden ab=
gelöst: wir standen in jener Nacht noch je zwei Stunden,
dann zweimal je zwei Stunden Pause. In den Nachtstunden
— ich glaube es war von 12—2 Uhr, ich stand vor einem
Spitale Posten — war es so bitter kalt, daß ich recht das
Gefühl hatte, wie die Kälte ein Feind ist, der dem Menschen
an's Leben geht. Da kam eine Frau mit einem Topfe war=
men Kaffees und einer Tasse und gab mir zu trinken, und
ging von mir zu einem andern Posten, der in der Nähe stand.
Es war eine kleine Gabe an sich, für uns aber in jener
kalten Nacht ein Werk großer Barmherzigkeit. In der Wacht=
stube war es um so wärmer. Von dem Schnee, den wir an
unsern Stiefeln hereinbrachten und dem Staub, der vorhanden
war, hatte sich auf dem Boden ein halbzoll tiefer Schlamm

gebildet._ Ich fand keinen Platz, an dem ich mich hätte nieder=
legen mögen, so setzte ich mich mit Ernst Salzer an den
Tisch; wir verglichen und ergänzten unsere Tagebücher, plau=
derten dann von der Heimat und stellten schließlich interes=
sante Studien an unseren schlafenden Kameraden an, in welch
wunderbaren Lagen der Mensch zu schlafen vermag. Da=
rüber vergingen die zwei Stunden, als aber draußen der
Posten „raus" rief, da war es, wie wenn ein elektrischer
Schlag die Schläfer getroffen. Mit einem Schlag standen
sie alle und jeder trat an seinen Platz. Ein paar Sekun=
den nach der Ablösung schliefen sie wieder alle. Das geht
wie eine gut geölte Maschine. Am 5. Dezember, nach=
mittags 2 Uhr wurden wir abgelöst.

Den 6. Dezember brachten wir in Allarmquartieren zu. Ein
Angriff der Feinde, die sich inzwischen wieder gesammelt hat=
ten, schien bevorzustehen. Um für einen Ueberfall sofort ge=
rüstet zu sein, wurde ein Teil der Truppen, auch der Kaval=
lerie und Artillerie, zum sofortigen Abmarsche bereit gehalten.
Das Allarmquartier war in den Räumen des Bahnhofes.
Vor dem Gebäude waren die Gewehre zusammengestellt, in
den Wartsälen war Stroh aufgeschüttet, es war aber so kalt,
zumal in der Nacht, daß es nicht möglich war, sich zu legen.
Auf dem Perron hatten wir große Feuer angezündet, die wir
mit geschnitzten Möbeln aus den Wartesälen unterhielten —
helf was helfen mag. — Dicht gedrängt umstanden wir diese
Feuer, der innerste Ring hielt aber nicht lange aus, so heiß
war's da. Man konnte also nun abwechseln zwischen unerträg=
licher Kälte und unerträglicher Hitze, ein Ausgleich zwischen
beiden war nicht möglich. Die Pferde litten ebenso, sie schrieen
vor Schmerz durch die Kälte.

Unsere Brigade hatte Dijon gegen Südost zu schützen.
Diesem Zweck dienten verschiedene größere Patrouillen, am
7. Dezember über Fauvernay nach Kouvres, wo wir am

8. und 9. Ruhetage hatten, am 10. Dezember nach Thorey, am 11. hatten wir die Wache vor dem Dorfe, am 12. mit der 5. Kompagnie eine große Patrouille nach Saint Jean de Losne, 11 Stunden lang, von morgens 7 bis abends 6 Uhr mit einer Stunde Ruhe in Mantot. Am Tage zuvor hatte ich meine Stiefel reparieren lassen. Bis daher hatten dieselben von Karlsruhe aus ausgehalten, nun brauchten sie vorn ein Stück frische Doppelsohle und Nägel. Der Schuhmacher schlug einige Nägel an der Spitze an einem Stiefel durch die Sohle durch, sodaß die Spitzen der Nägel innen vorstanden und unglücklicher Weise beachtete ich dies nicht, als ich die Stiefel anzog. Bald schmerzte mich der Fuß, die Spitzen der Nägel rissen mir die große Zehe wund und bald spürte ich, wie der Fuß blutete. Unser Weg führte uns durch tiefen Schnee, dabei war es sehr kalt, das war für meinen Fuß gut, denn der Kälte war es wohl zuzuschreiben, daß mich der Fuß bald nicht mehr schmerzte, während er so stark fortblutete, daß der Fuß im Blut quatschte und Blutstropfen bei jedem Schritt durch die Nähte sich durchdrückten. Im Schnee wurden sie bald bemerkt und bald hieß es von hinten: „da blutet einer, wer ist's?" Als wir in Mantot eine Stunde ruhten, staunten mich alle Unteroffiziere der zwei Kompagnien an, als ich meinen Stiefel mir ausziehen ließ und dann aus dem Strumpf Blut herauswand und Blut aus dem Stiefel tropfen ließ. Ich habe diese Bewunderung kaum verdient, denn erst gegen den Schluß des langen Marsches schmerzte mich der Fuß wieder. Viel länger wäre es auch nicht mehr gegangen. Jeder der Unteroffiziere hatte einen andern Vorschlag gemacht, wie man mich zurücktransportieren könne. Am meisten Anklang fand der Vorschlag, einige Bauern zu requirieren, die mich abwechselnd zurückhockeln müßten. Ich dankte für solche Ehre und dachte an den ersten Marsch von Rastatt und an meinen Vorsatz

und hielt aus. — Es war gut, daß wir am folgenden Tag
Ruhetag hatten. Ich faßte neue Stiefel. Sergeant Walz,
der capitain d'armes war, war mir günstig gesinnt, das war
nötig, wenn man etwas Neues haben wollte. Seine beson=
dere Zuneigung hatte Sergeant Walz mir zugewendet, seitdem
es sich zufällig herausgestellt hatte, daß ich einer der Gym=
nasiasten gewesen war, welche vor einigen Jahren die Ett=
linger-Thor-Wache unter seinem Kommando einmal verhaftet
hatte. Wir hatten nichts Schlimmes verbrochen, hatten uns
nur laut unterhalten und als der Posten es uns untersagte,
gemeint: das ginge ihn nichts an. Dieser Affaire hatte ich
verschiedene unter sich sehr ungleichartige Dinge zu verdanken.
Zunächst eine schlechte Herberge bis zum anderen Abend,
sodann etliche Schwierigkeiten von Seiten des Gymnasiums,
fernerhin aber die besondere Zuneigung des Sergeanten Walz,
dem unser Trotz bei unserer Verhaftung wohl imponiert hatte
und endlich ein Paar neue Stiefel. Es war die letzte Freund=
lichkeit, die der beliebte Sergeant mir erwies. Wenige Tage
darnach traf ihn die Kugel. Ich sah ihn noch einmal einige
Monate später in Karlsruhe, da ging er mühsam am Stock.
Nach jahrelangem Leiden ist er einer am 18. Dezember bei
Nuits erhaltenen Wunde erlegen.

Am 14. Dezember gings nach Dijon zurück, nur einen
kurzen Marsch, der meinem wunden Fuße lang genug war,
dann folgten in Dijon wieder 3 Ruhetage am 15., 16. und
17. Dezember. Als wir am 18. antraten, war mein Fuß
geheilt, das war gut, denn der Tag forderte den ganzen
Soldaten.

VIII. Nuits.

Der 18. Dezember war ein Sonntag, der 4. Advent, daheim rüsteten sie sich auf Weihnachten. Dieser 18. Dezember sollte für manches Haus den Weihnachtstag zu einem Tag der Trauer machen.

In Nuits hatten sich die Feinde festgesetzt, hier kommandierte der fähigste der französischen Generale im Süden, Cremer, über die Stärke des Feindes herrschte Unklarheit, gegen Nuits sollte darum ein Vorstoß gemacht werden.

Nuits liegt direkt südlich von Dijon, die Entfernung zwischen beiden Städten beträgt etwa 4 Stunden. Beide Städte liegen an dem Ostabhange des côte d'or Gebirges, welches nach dieser Seite zu steil abfällt, am Fuße dieses Gebirges zieht sich die schöne Straße hin. Rechts der Straße von Dijon nach Nuits ist also das Gebirge, links der Straße dehnt sich die Ebene, parallel der Straße zieht die Eisenbahn. Wir marschierten auf vier verschiedenen Wegen gegen Nuits, auf der direkten Straße das Bataillon Unger; rechts der Straße über das Gebirge auf zwei verschiedenen Wegen 3 Bataillone und eine Batterie unter Generalmajor von Degenfeld; in großem Bogen links der Straße, sodaß wir in rechtem Winkel auf die Eisenbahnlinie und Straße zu kamen, die Hauptmacht, 8 Bataillone, 7 Eskadronen und 5 Batterieen, dabei auch unser Regiment unter Generallieutenant von Glümer. Die Gesamtstärke unserer Truppen war 11 000 Mann und

36 Geschütze. Uns gegenüber standen nach französischen Angaben 15 bis 18000 Mann und 20 Geschütze. Nicht mitgezählt waren dabei die Franktireursbanden. Aber welche Stellung nahmen die Franzosen ein? Hinter der Stadt erhebt sich das Gebirge, hier stand, weithin die Straße und die Ebene beherrschend, die französische Artillerie. Die Stadt selbst ist mit starken Gartenmauern umgeben und vortrefflich zur Verteidigung geeignet. 700 Schritte vor der Stadt, parallel dem Gebirge und der Straße, zieht die Eisenbahnlinie, ein 7 bis 10 Fuß tiefer Einschnitt. Dieser Eisenbahneinschnitt und die Stellung der französischen Artillerie machte diese Position zu einer eigentlich unangreifbaren.

Um ½8 Uhr setzten sich unsere Regimenter in Bewegung. Die Kälte hatte nachgelassen, es war ein milder Wintertag. Wir marschierten getrost vorwärts. Es war gegen 12 Uhr, als man vorn die ersten Schüsse hörte. In Saulon la Rue war unsere Spitze auf die ersten Vorposten gestoßen. Das dahinter liegende große Dorf Boncourt war stark besetzt, unser 3. Bataillon hatte den Feind bereits daraus zum Weichen gebracht, als unser Bataillon in das Gefechtsfeld trat. An der Batterie Holtz vorbei, die auf einer Wiese aufgefahren war und über den Wald hinweg ihre Granaten in das Dorf warf, wurden wir gegen die hinter Boncourt liegende Ferme la Berchère geführt. La Berchère ist ein Schloß mit Wirtschaftsgebäuden, um die Gebäude führt ein tiefer Wassergraben, davor ein Park, dessen Gebüsch und kleinere Bäume rasiert waren, ringsum auf 10 bis 15 Minuten freies Feld, dann Wald, das Schloß selbst mit seinem Park gerade wie das Schloß hier in Schatthausen. Hier stand ein Bataillon Mobilgarden und 2 Kompagnien Franktireurs, hierher zogen sich auch die aus Boncourt geworfenen Feinde zurück. Gegen diese Stellung gingen unsere Kompagnien von 3 Seiten vor. Es war kein leichtes Stück

Arbeit, auf dem freien Felde, das keinerlei Deckung bot, dem
Feinde nahe zu kommen. Die Ferme sprühte Feuer gegen
uns aus allen Fenstern und Dachlucken. Aber es half
nichts, wir kamen näher und näher und als wir hinter die
ersten Bäume im Park sprangen und von hier aus sich das
Schießen auch für uns lohnte und unsere wohlgezielten
Kugeln durch die Fenster flogen, entsank den Feinden der
Mut, ihr Schießen hörte auf und aufatmend nach der
gewaltigen Anstrengung standen wir bald an dem Wasser=
graben vor dem Schloß, in dem sich nichts mehr rührte.
Lieutenant Fritsch schickte Büchler und mich nebst einigen
anderen links um das Schloß herum, er selbst ging mit
anderen über den Balken, der als Brücke über den Wasser=
graben führte, in das Haus hinein. Hinter der Mauer, die
nach der Rückseite das Gehöfte abschloß, standen 7—8
Franzosen, die die rechte Zeit zum Rückzug verpaßt hatten
und sich Büchler und mir gefangen gaben. Den Nuits zu
fliehenden Franzosen schossen wir nach, so lange wir sie
sahen und wenn auch die Entfernung zu groß war, um
einen einzelnen Mann zu treffen, trieben unsere Kugeln die
Feinde doch sosehr zur Eile, daß bald keiner mehr zu sehen war.
Wir machten hier etwa 60 Gefangene, etliche Tote lagen im
Parke und viele weggeworfenen Tornister. Hier sammelten
sich nun unsere Kompagnien. Unser Verlust war nicht un=
bedeutend, unter den schwer Verwundeten war auch unser
Kompagnieführer Premierlieutenant Gemehl. Das war ein
großes Leid in unsere Kompagnie um den Führer, dem wir
so vertrauensvoll immer gefolgt waren.

Es war nach 1 Uhr als unsere Kompagnien vor der
Berchère sich in eine lange Linie Nuits gegenüber aus=
einanderzogen. Wir hatten ausgeruht und warteten mit
Ungeduld auf den Befehl zum Angriff auf Nuits. Von uns
Grenadieren dachte keiner an den Eisenbahneinschnitt, den

wir doch von Vougeot her gar wohl noch hätten kennen
können; wir meinten, das sollte uns ein Leichtes sein, den
Feind aus Nuits hinauszudrängen. Es fiel uns wohl auf,
mit welcher Vorsicht und welchem Ernst von unsern Offizieren
die Lage angesehen wurde; wir bemerkten auch, daß auf eine
Nachricht gewartet werde. Es wurde auf die Meldung gewartet, daß die Bataillone, die über das Gebirge Nuits von
der Seite und von hinten angreifen sollten, zum Angriff
bereit seien. Es waren aber diesen Bataillonen unüberwind-
liche Hindernisse entgegengetreten, so daß sie nicht zum Angriff
auf Nuits kamen. Ebenso war das Bataillon Unger auf
der Chaussee gezwungen, vor Vosne Halt zu machen. Unsere 8
Bataillone waren darum bei unserem Frontangriff lediglich auf
sich allein angewiesen. In der Erwartung, daß die Bataillone
auf unserem rechten Flügel doch noch erscheinen würden,
war mit dem Befehl zum Angriff gezögert worden. Als er
endlich, es mag gegen 2 Uhr gewesen sein, erteilt wurde,
marschierten wir getrosten Muts aus unseren gedeckten Stellungen
heraus. Vor uns lag in der Entfernung von etwa 20
Minuten Nuits, von dem Eisenbahneinschnitt war nichts zu
sehen, das Blachfeld, das wir zu durchschreiten hatten, war
vollständig eben, keinerlei Schutz uns bietend. Wir waren
kaum auf das freie Feld getreten, als die Chassepotkugeln
uns entgegen kamen. „Wo stecken denn die Franzosen?"
„Im Eisenbahneinschnitt." Nun wußten wir, was uns bevor-
stand. Noch einige Minuten und es hatte ein Spiel begonnen, bei dem auch einem starken Mann das Herz beben
kann. Zwei Stunden später und wir waren am Ziel, der
Eisenbahneinschnitt und Nuits waren unser, aber mehr als
900 der Unsern lagen verwundet oder tot auf der Walstatt.

In dem Eisenbahneinschnitt in einer Breite von mehr
als 2000 Schritt lagen die Franzosen, Liniensoldaten, Mobile,
Franktireurs Mann an Mann. Sie hatten reichlich Zeit

gehabt, sich auf unsern Angriff zu rüsten. Es hatte sich jeder in der Böschung des Einschnitts seinen Platz zurecht gemacht, die Tornister konnten sie auf den Rand des Einschnitts legen, die unten losgebrochene Erde vor sich auftürmen, und so sich für uns fast ganz verbergen, ihre Gewehre auf den Rand der Böschung auflegen, ihre Patronen daneben schütten und nun in dem Gefühl, eine uneinnehmbare Stellung zu haben, unsern Angriff erwarten, hinter sich auf der Höhe ihre Artillerie, deren Geschosse weit hinaus das Feld beherrschten. Gegen solche Stellung in einem Sturme vorzugehen, ist, wie auch der Laie einsehen wird, ein Ding der Unmöglichkeit, aus solcher Stellung einen Feind zu vertreiben, ist überhaupt unmöglich, wenn sie richtig verteidigt wird, und auch bei einer fehlerhaften Verteidigung erfordert es — das haben auch die Franzosen selber anerkannt — die allergrößte Energie der Angreifer, um Erfolg zu haben. Der Fehler der Franzosen war, daß sie viel zu früh, als wir nur in Sicht kamen, mit dem Schnellfeuer anfingen. Wir waren kaum in den Bereich dieses Schnellfeuers gekommen, da war eine Leitung des Gefechts, ein Kommando nicht mehr möglich, auf sich selbst angewiesen, mußten die einzelnen Abteilungen selber wissen, was sie zu thun hatten. Truppweise schlossen wir uns zusammen, je 6 oder 8. Hier war es der Lieutenant, der solch eine Abteilung führte, dort ein Unteroffizier, dort ein Gefreiter, dort ein alter Soldat. An den Boden geschmiegt, wartete solch eine Abteilung, bis keine Kugeln mehr über sie hinstrichen, um auf ein kurzes Kommando: auf! aufzuspringen und vorwärts zu stürzen, vielleicht 12 Schritte, dann kamen die ersten Kugeln und unmittelbar darnach kamen sie hundertweise, da galt es den richtigen Augenblick nicht zu versäumen, sich wieder niederzuwerfen. An den Boden geschmiegt, in die Furchen gedrückt, ließen wir die Kugeln nun über uns wegfegen. Das waren bange Minuten, wenn

die Kugeln über uns wegzogen, daß man den Luftdruck der=
selben oft fühlte: aber dadurch, daß das Feuer der Franzosen
sich immer dahin wendete, wo sich eben ein Trupp nieder=
geworfen hatte, wurden andere Abteilungen frei und konnten
vorwärtsspringen, um nun das Feuer wieder auf sich zu
ziehen und andere frei zu machen. So boten unsere Kom=
pagnien eine lange Linie dar, an der beständig einige Punkte
in Bewegung vorwärts waren und die in dieser Weise sich
langsam vorwärts schraubte. Und bei dem planlosen Schießen
der Franzosen entstanden für uns immer wieder einzelne
kleine Strecken, die feuerfrei waren und wo eine Abteilung
feuerfrei war, stürmte sie vor. Freilich ging das nicht ohne
Verluste. Manchen riß im Sprung eine Kugel nieder,
Manchen traf das tötliche Blei im Liegen, aber wir kamen
vorwärts.

Selten mag im Krieg das Verhalten der Angreifer so
völlig verschieden sein von dem der Verteidiger wie hier.
Bei uns war die Losung: „Nichts wie vor, in dem Moment,
in dem die Kugeln mich nicht niederzwingen, stürme ich vor"
und bei unsern Feinden war die Losung: „Nichts wie
schießen, auf jeden, den ich sehe, wird geschossen:" bei uns
kein lautes Kommando, selten ein Schuß: bei jenen: Signale
über Signale, wahnsinniges Schießen in fieberhafter Hast.
Zwischen hinein laute Hörnersignale und daraufhin ein
Schnellfeuer auf der ganzen Linie, so daß minutenlang bei
uns alles lag, dann plötzliches Abbrechen des Feuers, sie
sahen ja niemanden mehr und meinten, alles ist vernichtet,
aber in demselben Moment stand bei uns wie aus dem
Boden gewachsen die ganze Linie und stürmte vorwärts,
dort drüben ein Wutgeschrei und von neuem das wahnsinnige
Schießen. Und über uns weg der Kampf der etwa 40 Ge=
schütze gegeneinander, ein Getöse, ein Sausen, ein Donnern,
das nicht zu beschreiben ist. Wenn ich ein Bild gebrauche,

dann möchte ich sagen: der Tod, eine Riesengestalt, stand auf jenem Felde und schwang unter wildem Jauchzen seine furchtbare Sense.

Es liegen die Fragen nahe: waren die badischen Soldaten lauter Helden an Tapferkeit und Todesverachtung, da sie in kalter Entschlossenheit unerschrocken gegen solche Stellung anstürmten? oder blieb denselben, nachdem sie einmal ins Feuer geraten waren, vielleicht nichts anderes mehr übrig, als eben vorzugehen, so daß das, was Heldenmut erscheint, schließlich nichts anderes war als Selbsterhaltungstrieb? Letzteres ist nicht richtig. Es blieben 2 Dinge übrig. Einmal: Die Regimenter zurückzuziehen. Wir hörten, diese Frage sei aufgeworfen worden, als man merkte, wie schwer der Kampf werde. Wenn dies richtig ist, dann danken wir unseren Führern, die ihren Regimentern es zu trauten, daß sie nicht zurückwollen. Was sonst noch möglich gewesen wäre, daß der Truppe der Mut versagt hätte, das war Gott Lob, ausgeschlossen. Waren alle Helden? Viele gewiß und alle waren, nur wenige ausgenommen, gute Soldaten und das ist die Hauptsache. Es ist etwas Wunderbares um ein gutes Gewissen, ich meine nicht um ein gutes Gewissen in Bezug auf das ganze Leben, — das hat ja Keiner — aber um ein gutes Gewissen in Bezug auf das, was eben jetzt zu thun vorliegt. Uns erfüllte nicht der Gedanke: „Es ist unsere Freude, den Tod zu finden, oder ihn den Feinden zu bringen, weil wir Helden sind", sondern der Gedanke: „es ist unsere Pflicht, den Tod nicht zu fürchten und die feindliche Stellung zu nehmen, weil wir brave Soldaten sein wollen. Trifft mich eine Kugel, in Gottes Namen, hab ich's doch nicht zu verantworten." Den wenigen Verzagten — und unter 100 Menschen ist ja wohl immer auch einer oder mehr, die kein Mannesherz haben — blieb nichts übrig, als mit den andern zu gehen.

Wie viel Verderben auch die feindlichen Geschosse in unsere Reihen rissen, wir kamen vorwärts und mit jeder Minute wuchs für uns die Notwendigkeit, das Werk zu Ende zu führen, wuchs auch die Ueberzeugung, daß es gelinge. So faßten wir denn immer zäher, immer energischer zu. Wie aber auf unserer Seite bald das Hochgefühl des nahenden, ehrenvollen Sieges mit in die Wagschale fiel, so erfaßte die Gegner allmählig das Entsetzen. Als wir noch bei der Ferme la Berchère standen, haben die Franzosen in ihrem sichern Einschnitt gewiß gesagt: „Wenn sie nur angreifen!" Und als wir angriffen, haben sie gewiß gejubelt: „Diesmal zermalmen wir sie zu Pulver," nach der ersten halben Stunde hieß es wohl in ihren Reihen: „Sie machen uns heiß," nach der zweiten: „Ihr Leute, nehmt euch zusammen, es hält sich die Wage," nach der dritten: „Wir kämpfen um unser Leben" und als es hieß: „Sie sind wahrhaftig da und brechen herein" und als es hätte heißen sollen: „Nun heraus aus dem Einschnitt, die Brust dem Feind entgegen," da war ihr Kopf so heiß wie ihre Gewehre, die Yatagans hatten sie aufgepflanzt, aber der Mut versagte ihnen.

Kurz nach 4 Uhr fiel die Entscheidung. An welcher Stelle zuerst in den Eisenbahneinschnitt eingebrochen wurde, das weiß man nicht, auch unmittelbar nach dem Gefecht ließ es sich nicht feststellen, so groß war die Erregung. Von der linken Seite her erscholl das Hurrah zuerst, es lief die deutsche Linie entlang und nun erbrauste der deutsche Schlachtruf, anschwellend wie eine Lawine, den Donner der Geschütze übertönend. Der Einschnitt war unser. Und nun wendete der Tod, der keinen Unterschied macht und keinen Bund schließt, seine Sense von der Ebene ab und hieb in die Reihen der Franzosen, haufenweise lagen die Toten im Einschnitt.

Noch einen heftigen kurzen Kampf um Nuits und auch das war unser, der Feind in wilder Flucht.

6*

Der moralische Erfolg dieses Sieges war ein ungeheurer. Uns erfüllte das Bewußtsein: „wir nehmen auch die festeste Stellung des Feindes" und die Franzosen knirschten: „wir können auch die festeste Stellung den Deutschen gegenüber nicht halten." Freilich hüben wie drüben, in beiden Heeren und in ihrer Heimat welche Verluste, welche Trauer! Die Franzosen gaben selbst 1500 Mann tot und verwundet zu, außerdem machten wir 649 Gefangene und erbeuteten eine Menge Kriegsmaterial. Auf unserer Seite fielen 50 Offiziere und 887 Unteroffiziere und Gemeine, auf unser Regiment entfielen 18 Offiziere und 329 Mann, auf unsere Kompagnie 2 Offiziere und 22 Mann. Unser Brigadekommandeur Prinz Wilhelm, unser Regimentskommandeur Oberst von Wechmar, unser Regimentsadjutant Premierlieutenant Weizenegger, unser Bataillonskommandeur Oberstlieutenant Hofmann, unser Kompagnieführer Premierlieutenant Gemehl, unser Zugführer Sekondelieutenant Fritsch, unser Feldwebel Blank waren alle schwer oder leicht verwundet und so mancher liebe Kamerad. Robert Zinner hatte einen schweren Schuß in den Fuß erhalten, Sergeant Walz erhielt hier die Todeswunde, ebenso Klingenfuß und Honold. Doch zum Klagen und Trauern war keine Zeit, nur hie und da kam uns der Gedanke: „wie werden sie daheim bei der Nachricht von diesem Gefecht bangen, wie wird daheim in manchem Hause ein thränenreiches Weihnachtsfest gefeiert werden."

Bis an den Einschnitt bin ich nicht gekommen. Wir waren etwa in der Mitte der von uns zu durchschreitenden Bahn, unmittelbar vor mir lag Lieutenant Fritsch, wir hatten schon wieder das Gewehr mit der rechten Hand gefaßt und den linken Fuß angezogen und warteten auf das: auf! um vorwärts zu springen, da erhielt Lieutenant Fritsch eine Kugel in die Hand. Er sprang auf und zurück. „Lieutenant Fritsch ist verwundet" riefen wir und ich wälzte mich liegend auf

die Seite und sah ihm nach, um zu sehen, wo er verwundet
sei. Durch diese Bewegung wurde mir wohl das Leben ge-
rettet, denn in dem Augenblick, in dem ich den Kopf drehte,
erhielt ich einen heftigen Schlag auf die rechte Seite des
Kopfes. Ich hatte noch den Gedanken: „ich bin getroffen",
dann schwindelte mirs vor den Augen und ich fiel willenlos
in die vorige Lage zurück. Ich lag wohl eine Zeit lang
regungslos auf dem Gesicht, das Bewußtsein kehrte mir aber
bald wieder, denn ich hörte, wie mein Nebenmann zur Rechten
sagte: „der Schmitthenner ist tot." Das brachte mich zu
mir. „Nein, er ist nicht tot, nur verwundet." Das Blut
strömte mir über das Gesicht, der Helm war auf die linke
Seite geschoben, auf der rechten Seite des Kopfes hatte ich
eine halbfingerlange Wunde, der Kopf selber, das fühlte ich
sofort mit der Hand, war ganz, aber ich hatte darin das
Gefühl, als ob es meiner Hirnschale ergangen wäre wie etwa
einem festgebauten Hause, das ein Erdbeben überstanden hat
ungeborsten, aber zerrüttet in all seinen Fugen. Ich konnte
nicht weiter mit, auch nicht zurück, ich mußte an der gefähr-
deten Stelle liegen bleiben, bis das Gefecht zu Ende war.
Ich war mir bewußt, wie nahe mir der Tod gestanden und
zwar nicht so, wie ich ihn mir, wenn es hätte sein müssen,
gewünscht, durch eine Kugel nicht durch die Brust, sondern
durch den Kopf und ein Gefühl großer Dankbarkeit erfüllte
mich. Etwa noch eine Stunde mußte ich liegen bleiben, nicht
weit von mir lag ein Toter. Als der Einschnitt genommen
war, ging ich mit meinem zerschlagenen Kopfe langsam zurück,
jeder Schritt that mir weh.

In der Ferne sahs traurig aus, so viel Wunden hatte
das Haus gewiß noch nie gesehen, so viele Schmerzenslaute
noch nie gehört. Alle Zimmer, alle Gänge lagen voll Verwundeter und immer wieder wurden hereingetragen, als ob
das kein Ende nehmen wolle. Wir Leichtverwundeten wuschen

uns im Hofe unsere Wunden gegenseitig aus und verbanden uns so gut wirs fertig brachten. Ehe die französische Artillerie ihre Stellung hinter Nuits aufgab, warfen sie noch im Zorn einige Granaten auf die Ferme, obgleich sie sehen mußten, daß hier unsere Verwundeten lagen. Eine Granate flog in den Hof, die andere ins Haus, glücklicherweise ohne Schaden zu thun. Bis in die tiefe Nacht währte das Zusammentragen der Verwundeten, wie eine Betäubung lags auf Allen. Wir Leichtverwundete fanden in einer Waschküche ein Obdach für die Nacht und gegen Morgen gabs auch Brot. Wo meine Kompagnie die Nacht zubrachte, weiß ich nicht.

Am Morgen des 19. Dezember wurde mit dem Transport der Verwundeten nach Dijon begonnen. Die Leichtverwundeten wurden truppweise den Wagen beigegeben, auf denen die transportablen Schwerverwundeten lagen, unsere Tornister und Gewehre wurden auf einem Leiterwagen gefahren. Der Verwundeten wegen gings langsam mit vielem Halten, da mußte ein Notverband frisch angelegt werden, dort gings mit Einem zu Ende. In einem der Dörfer holte ich mir Brot aus einem Hause und in einem Keller füllte ich meine Flasche. Verstört standen die Leute auf der Straße und sahen bang dem Trauerzuge zu, der den ganzen Tag da vorüberging. Es war Abend, als wir in Dijon ankamen.

Die Einwohner von Dijon waren in ungeheurer Erregung. Sie hatten mit fieberhafter Spannung auf Nachricht gewartet, wie schon oft, hatten sie auch dieses Mal mit Sicherheit auf den Sieg der Ihrigen gehofft und gerne es geglaubt, daß der so lange vorbereitete und erwartete vernichtende Schlag ihnen geglückt sei. Und als am 19. Verwundete über Verwundete nach Dijon kamen, schien ihnen ihr Sieg gewiß. Um so größer war ihre Enttäuschung und dumpfe Verzweiflung ergriff sie, als sie die furchtbare Niederlage der Ihren erfuhren. Zur Ehre ihres guten Herzens sei es aber auch anerkannt, daß, abgesehen von dem fremden Gesindel, das sich in der Stadt herumtrieb, die Einwohner von Dijon mit aufrichtiger Teilnahme uns erwarteten und aufnahmen. Mir selbst überlassen, ging ich in eines unserer früheren Quartiere: die Leute schenkten mir eine weiche Zipfelmütze und halfen mir dieselbe über meinen zerschlagenen Kopf ziehen, das war der beste Verband, kochten mir eine gute Suppe und richteten mir eine Matratze auf den Boden. Das war das einzige Mal während des ganzen Feldzugs, daß ich eine Matratze für mich allein hatte.

In der Nacht noch war das Regiment zurückgekommen. Alle Illusionen der Franzosen hatten nun ein Ende. Am 20. früh suchte ich meine Korporalschaft wieder auf. Am 20., 21. und 22. Dezember hatten wir Ruhetage, die uns nötig waren und uns gut thaten. Meine Kopfwunde heilte leicht und rasch, eine gute Heilhaut ist doch etwas wert, nur schmerzte mich der Kopf immer noch beim Gehen und ich konnte länger Zeit keinen Helm tragen, ich konnte aber bei der Kompagnie bleiben und die Frage, ob ich mich zur Entlassung in die Heimat melden wolle, wies ich ab. Ich war froh, daß ich bleiben konnte. Die Befreiung von dem Wachtdienst für die nächste Zeit war alles, was ich brauchte.

Als ich nun in Ruhe an den Spuren, die die Kugel gemacht, ihren Lauf erkannte, sah ich erst, wie nahe am Leben sie vorübergegangen. Es war nicht allein die Wendung des Kopfes, die die Kugel unschädlich gemacht hatte. Durch meine Wendung, um rückwärts zu schauen, war der blecherne Kessel, den wir nicht hinter, sondern auf den Tornister geschnallt hatten, halb vor meinen Kopf gerückt worden. Auf der einen Seite des Kessels war ein kleines rundes Loch, hier war die Kugel eingetreten. In dem Kessel hatte ich Kaffeebohnen, Salz und Cigarren, im oberen Teile des Kessels war ein kleines Schüsselchen von Blech, das in den Kessel

paßte, mit starkem Rand. Auf diesen Rand traf die Kugel
und hat hier an dem Rande, der völlig zusammengequetscht
war, gewiß von ihrer Kraft verloren; beim Austreten aus
dem Kessel riß sie ein Stück Blech von dem Schüsselchen
mit, denn an dem Deckel des Kessels war ein großes Loch,
ein Stück losgerissenes Blech hatte zudem noch ein weiteres
Loch durch die Seite des Kessels geschlagen. Dann streifte
die Kugel den Helm. Das dicke Leder des Helms war durch
die Nässe weich und zäh, sodaß dasselbe der Kugel nachgab
und dieselbe an dem Leder abprallte. Dieselbe kurze Rinne,
die die Kugel dem Leder eingedrückt hatte, hatte ich in meiner
Kopfhaut. Es war also etwa dieselbe Wunde, wie sie einer
empfängt, dem man mit einem stumpfen Instrumente so auf
den mit dem Helm geschützten Kopf schlägt, daß dadurch die
Kopfhaut aufspringt. Wie schwer ein solcher Schlag auf den
Kopf wirkt, läßt sich ermessen. Mein zerschossener Kessel ist
mir leider samt meinem Tornister vor Belfort abhanden ge=
kommen. Meinen Helm fand ich glücklicher Weise wieder auf
dem Kompagniewagen, nachdem meine Wunde geheilt war.
Ich durfte denselben zum Andenken mit nach Hause nehmen
und wenn ich je vergessen wollte, von welcher Gnade Gottes
der Helm zeugt, so würde mein Weib mich daran erinnern,
das schon so oft beim Abstäuben in meiner Studierstube,
wenn sie an den Helm kommt, sagte: „ich habe ein Gefühl
so großer Dankbarkeit, so oft ich den Helm in die Hand
nehme.‟

Am 23. bezogen wir Allarmquartiere am Bahnhof, es
war wieder bitter kalt geworden. Am 24. lagen wir auf
Vorposten in Chenôve an der uns wohlbekannten Straße
nach Nuits. Hier feierten wir den heiligen Abend. Zu einem
Christbaum brachten wir es leider nicht. Ich weiß nicht, was
uns abhielt, uns einen Christbaum zu schmücken, wie vielfach
Andere es thaten, es fehlte uns dazu auf unserem vor

geschobenen Posten die Ruhe. Wir vergaßen aber der Feier nicht, wir dachten unserer Lieben daheim und saßen lange an unserm Feuer und plauderten. Am anderen Morgen kamen Mädchen aus Dijon und verkauften Lebkuchen. Das war unsere ganze Weihnachtsfeier ohne Gottesdienst, ohne Weihnachtsbaum, ohne Weihnachtslied. An der Stimmung fehlte es nicht, aber es fehlte an dem, der das Weihnachts= lied angestimmt hätte. Auch den 26. Dezember brachten wir hier zu. Ueber die Erde hatte sich eine tiefe Schneedecke gebreitet und es war helles, schönes, kaltes Winterwetter.

IX. Von Dijon nach Belfort.

Am 27. traf uns der Befehl zum Rückmarsch. Dijon sollte geräumt und unser ganzes Armeekorps um Belfort konzentriert werden. Das dunkel umlaufende Gerücht, Frankreich wolle seine letzte Armee zur Entscheidung des Kriegs nach dem Osten werfen, Belfort entsetzen und in Baden einfallen, gewann immer mehr an Wahrscheinlichkeit. Die Zeichen mehrten sich, daß der Feind mit aller Kraft Belfort zustrebe. Hier mußte die Entscheidung fallen. Da unser Bataillon 3 Stunden südlich von Dijon auf Vorposten gestanden, gehörte unsere Kompagnie zu den letzten, die durch Dijon marschierten. Die Blusenmänner standen schon haufenweise beisammen und ballten die Fäuste. „Nur Geduld, wir werden schon wieder kommen."

Wir zogen denselben Weg zurück, auf dem wir am 30. Oktober in Dijon eingezogen, vorüber am Parc du Mommusard, wo unser Feldwebel gefallen, an Saint-Apollinaire, wo wir ihn begraben, noch einmal sahen wir die schöne Stadt und weithinaus die Dörfer, die wir alle kannten, zu unsern Füßen liegen. In Mirebeau erhielten wir Quartiere, am 28. erreichten wir Gray. Am 29. war die Gegend von Vesoul unser Ziel, das sind eigentlich zwei Tagemärsche, wir zwangens in einem, aber es war ein schweres Stück Arbeit. Um 7 Uhr marschierten wir ab, fast wäre unsere Korporalschaft um den Kaffee gekommen, das wäre bitter gewesen. Unsere Korporal-

schaft war in zwei Häusern untergebracht und der einen
Abteilung war die Zeit zum Antreten unrichtig angegeben.
Unser Wasser zum Kaffee kochte noch nicht, als Uebelhör
schon die Treppe herauf wetterte, weil wir nicht kamen. Wir
ließens drauf ankommen und kochten unsern Kaffee und
traten mit unsern Blechschüsseln mit dem heißen, uns unent=
behrlichen Tranke in der Hand an und tranken ihn im Glied.
Das war gut.

Die Kälte war in der Nacht aufs Höchste gestiegen.
Als wir nach 3 oder 4 Stunden ruhten, legte ich mich, wie
ich es immer gerne that, auf den Rücken auf den Boden, so
ruhte die durch die Tornisterriemen gedrückte Brust am besten
aus. Diesmal aber stand ich sofort wieder auf, so kalt war der
Boden. Wir hatten etwas Wein bei uns, der war gefroren,
wir schütteten von der grieseligen Masse in kleine gläserne
Fläschchen und erwärmten sie, indem wir sie in den Busen
steckten und wieder schüttelten, so konnte man von Zeit zu
Zeit einen Schluck nehmen. Unsere Brotbeutel waren aber
leer. Als der Mittag vorüber war und es gegen Abend ging
und wir merkten, daß noch lange marschiert werde, durch=
suchten wir im Durchmarsche die Dörfer nach Brot. Die
ganze Division marschierte auf dieser Straße, stundenlang
war also der Zug von Soldaten, Infanterie, Artillerie,
Kavallerie und alle waren hungrig. In den Häusern wieder=
holten sich dieselben Scenen ohne Aufhören. Zu 3 oder 4
springen wir in ein Haus, das wir schon von weitem ins
Auge gefaßt haben, aus dem wir nicht gerade Soldaten
kommen sehen. Die verängstigten Hausgenossen stehen bei=
sammen, die Kinder schreien auf, die Frauen weinen, die
Männer schauen finster drein. Wir rufen: „Brot.“

„Wir haben keins.“

„Wir haben Geld, wir geben Euch, was Ihr fordert!“

„Wir haben keins, Ihr habt uns ja alles schon genommen, wir müssen selber hungern."

„Dann suchen wir."

„So sucht! Ihr findet nichts."

Nun wurde gesucht, die Schränke und Kommoden aufgerissen, was drinnen war, durchwühlt, das Bett hinausgeworfen bis auf den Strohsack, von der Stube gings in die Küche, oben hinauf, in den Stall. Weh der Thüre, die verschlossen war. In zwei Minuten war das ganze Haus durchsucht, vom Keller bis auf den Speicher und alles durcheinander geworfen. So eilig wir gekommen, so eilig stürzen wir wieder davon, unser Glied zu erreichen. Die erschrockenen Leute konnten nun ihre Sachen wieder einräumen, wenn sie es nicht vorzogen, alles liegen zu lassen, denn nach 5 Minuten vielleicht stürmte wieder eine Schar durchs Haus, um in derselben Weise alles zu durchwühlen. Mehr als zwei- oder dreimal konnte der Einzelne solches Manöver nicht mitmachen, denn wir brauchten unsere Kräfte. War auch das Suchen oft umsonst, was an Brot vorhanden war, das fanden wir doch und so gab es schließlich für jeden doch einige Brocken.

Die Kälte wurde immer heftiger, die Wege waren spiegelglatt getreten, es war ein Marsch, der forderte, was Mann und Pferd überhaupt zu leisten vermochten. Große Scharen Raben begleiteten uns mit ihrem heiseren Gekrächze, nicht umsonst, eine ziemliche Zahl Pferde ging zu Grunde. Diese treuen Tiere thun ihre Schuldigkeit ungetrieben zur letzten Kraft, bis sie mit einem Male sich aufbäumen und tot zusammenstürzen oder bis sie kraftlos zusammensinken und den Todesstoß erwarten. Auch die Kraft der Menschen ging allmählig zu Ende, in den Dörfern, durch die wir in der Nacht kamen, blieben ganze Trupps zurück, welche meinten, nicht weiter zu können. Ich sagte mir: „so lange andere noch marschieren können, kannst du auch", und ich konnte es auch.

Nachts 10 Uhr kamen wir in Baignes oder Velle le Châtel zur Ruhe. Am anderen Tag hatten wir Ruhetag, da kamen die Nachzügler alle wohlbehalten an.

Bei diesen ungeheuren Strapazen in diesen Tagen ist es recht deutlich geworden, welcher Unterschied besteht zwischen Gesundheit und Kraft. Die Grundlage jeglicher Kraft ist die Gesundheit, erworben aber wird die Kraft allein durch Uebung. Es kann bei sehr guter Gesundheit die Kraft eine verhältnismäßig geringe sein, weil die Uebung fehlt und es kann bei weniger guter Gesundheit die Kraft infolge vieler Uebung eine verhältnismäßig große sein. Bei Strapazen werden Anfangs die im Vorteil sein, welche infolge vieler Uebung ihre Kraft sofort ganz zur Verfügung haben, aber zuletzt werden die doch mehr leisten, welche in ihrer noch nicht zur Kraft entwickelten Gesundheit eine Reserve haben, die jenen fehlt. Ich war so glücklich, daß ich zu diesen letzteren mich zählen durfte. An Kraft anderen zumal anfangs weit nachstehend, kräftigte sich mein Körper unter den Strapazen zusehends und meine zähe Gesundheit half mir alle Märsche gut überwinden. Auch das habe ich während des Feldzugs erkannt, daß ein geschonter Körper schließlich Strapazen am besten erträgt. Wer noch nie gehungert hat, erträgt den Hunger am besten und wer noch nie bis zur Erschöpfung sich ermüdet hat, erträgt große Strapazen am besten und wer sich immer gegen die Kälte geschützt hat, erträgt die Kälte am besten. Seinen Körper schonen, ist die beste Abhärtung desselben. Das Schonen, das ich meine, hat aber nichts zu thun mit Verweichlichen und kann im arbeitsreichsten Leben geschehen.

Am letzten Tage des Jahres zogen wir in Vesoul ein. Ueber die Absichten und Bewegungen des Feindes war man immer noch im Ungewissen. Wir verdankten dem 3 Ruhe= tage in Vesoul am 1., 2. und 3. Januar. Hier traf ich

mit guten Freunden aus anderen Regimentern zusammen, mit
Graf V. von Helmstadt, Julius Schieck und anderen Bischofs-
heimern, mit R. Wilckens und L. Laule von den schwarzen
Dragonern. Letzterer lud Wilckens und mich zu einer Tasse
Chokolade in ein Restaurant. Ich wollte, ich könnte das
Treiben, das an solchen Ruhetagen in den Wirtshäusern
herrschte, beschreiben. An dem einen Tisch sangen sie: „Und
wir sitzen so fröhlich beisammen und wir haben einander so
lieb", am anderen Tisch: „Die Röslein blühen im Thale,
Soldaten ziehen ins Feld" und an jedem Tische sangen sie,
als ob es das Heil des Vaterlandes gelte, die andern zu
übersingen, an einem andern Tisch erzählte einer eine drollige
Geschichte und schlug dabei auf den Tisch, daß es krachte,
an einem anderen Tisch · führten zwei ein Käsperlestheater
auf, dabei ein Gedränge von Menschen, ein Geschrei, ein
Gejubel, ein Qualm, daß man selber Soldat sein mußte,
um daran seine Freude zu haben. Wer etwas zu kochen
hatte, machte sich's da zurecht, in der Küche derselbe Trubel.
Hier kochten wir uns denn auch unsere Chokolade.

Am 3. Januar erhielt ich die Gefreiters-Knöpfe, ich be-
dauerte es beinahe, denn ich mußte deswegen am selben
Tage sofort auf Wache ziehen als Kommandant derselben
und ich hatte auf den Abend mit Freunden von den gelben
Dragonern eine Zusammenkunft verabredet.

Es war allmählig Klarheit darüber gewonnen worden,
daß Bourbaki uns gegenüberstehe, und daß jeder Tag die
entscheidende Schlacht bringen könne. Am 4. Januar verließen wir Vesoul und bezogen bei Villersexel Gefechtsaufstellung, Quartiere erhielten wir in Trevey. Am 5.
kamen wir, immer in Fühlung mit dem Feind, in der Nacht
in Dampierre an und konnten uns hier ein Unterkommen
suchen, wenn wir eines fanden. Dampierre hat kaum 1200
Einwohner, in dieser Nacht kampierten darinnen noch 8000

Soldaten mit 800 Pferden. Das Häuslein, in dem wir unterkamen, war mit Soldaten vollgepfropft vom Keller bis unter die Ziegel, Infanteristen, Artilleristen, Kavalleristen, Badenser, Preußen, alles durcheinander. Hungrig waren wir alle, wir hatten den ganzen Tag noch nichts gefaßt und auch jetzt gab es nichts. Unsere Hausleute hatten noch einen Laib Brot, den gaben sie mir ohne weiteres. Sie sahen wohl, da ist nichts zurückzuhalten. Im Nu war er aufgeschnitten und verteilt, er reichte weitaus nicht für alle, die in der Stube waren, jedem ein Stück. Ich wurde später oft an dieses Brotverteilen erinnert. So lange ich in Kälberts-hausen Pfarrer war, führte mein Weg mich oft durch Bargen. Auf der Straße zwischen Bargen und Flinsbach war damals ein unfreundlicher, mürrischer Geselle als Straßenwart beschäftigt. Er grüßte nicht und wenn ich ihn zuerst grüßte, dankte er nicht. Mit einem Male wurde der Mann freundlich. Wenn er mich sah, rief er mir schon von weitem einen Gruß zu, ging auch wohl ein Stück Wegs mit mir und unterhielt mich. Zufällig erfuhr ich, was diese Umwandlung verursacht hatte. Dieser Straßenwart war auch Soldat gewesen und war unter denen, die von diesem Laib Brot ein Stück erhalten hatten. Von Uebelhör hatte er erfahren, daß ich der Freiwillige gewesen sei, der dort den Laib Brot verteilt.

Nachts 1 Uhr traf der Befehl zum sofortigen Aufbruch nach Vesoul für unser Regiment ein. Es war keine Kleinigkeit, aus dem Wirrwar sich herauszuwinden. Als wir das Haus verließen, schüttelten andere, die keinen Platz mehr gefunden und vor dem Hause sich ein Feuer angezündet hatten, den Schnee von ihren Mänteln und waren um die leer gewordenen Plätze froh. Im Schneegestöber marschierten wir bis zum Tagesanbruch und bezogen bei Vesoul eine Gefechtsaufstellung, hier wurde den ganzen 6. Januar hindurch die Schlacht erwartet. Bourbaki griff aber nicht an. Es hatte aufgehört zu schneien, war aber recht kalt, doch wurde die Zeit uns nicht lang. Die Magazine in Vesoul wurden geräumt, da gab es Fleischkonserven in Blechbüchsen, da gab es auch wieder einmal Cigarren, die berühmten Liebesgaben= Cigarren. Zündete man solch einen Glimmstengel an, dann fing er zunächst an sich zu krümmen, Rauch gab es, daß es eine Freude war, obgleich äußerlich betrachtet, die Cigarre nicht zu brennen schien, denn das Deckblatt blieb unversehrt. Mit einem Male kams einem glutheiß in den Mund und zugleich brach die Glut ganz hinten durch das Deckblatt durch, dann hatte die Herrlichkeit ein Ende. Oder solch ein Ding fing an lichterloh zu brennen. Und doch waren wir um diese Cigarren oft so froh. Abends bezogen wir Quartiere in Pusey.

Am 7. Januar machte unser Bataillon mit 8 anderen Bataillonen einen Vorstoß in südöstlicher Richtung nach Velle le Châtel. Der Feind war abgezogen. Daraus ließ sich mit Bestimmtheit schließen, daß ein Angriff auf Vesoul nicht erfolgen werde und weitere Beobachtungen ergaben mit Sicher= heit, daß der Feind Belfort zu strebe. Vom 8. auf den 9. Januar hatten wir in Vesoul Quartiere, am 9. früh 4 Uhr wurde allarmiert, bis 7 Uhr standen wir noch in Vesoul unter dem Gewehr, dann marschierten wir Lure zu und be= zogen vor der Stadt Gefechtsaufstellung, die Nacht brachten wir in der Stadt zu.

Die Entscheidung konnte nicht mehr fern sein, denn auf gleicher Höhe mit unserm Korps marschierten die 4 Korps Bourbakis, beide Heere mit demselben Ziele Belfort. Am 9. Januar faßte General von Werder im Flankenangriff bei Villersexel den Feind, in der Absicht, nicht hier die Ent= scheidung zu schlagen, sondern den Feind aufzuhalten und zu verwirren. Bourbaki ließ sich täuschen, er meinte, Werder biete ihm hier die Entscheidungsschlacht an, und ließ seine 4

Korps hier aufmarschieren. Es war indessen nur eine Division, die hier den Feind angriff und während Bourbaki seine Massen aufmarschieren ließ, zogen wir ab Belfort zu. Die hier gewonnene Zeit hat uns den Vorteil gegeben, der schließlich zum Sieg führte.

Während des 10. Januar stand unser Regiment gefechtsbereit in der Nähe von Villersexel im tiefen Schnee, nachts wurde weiter marschiert nach Ronchamp. Wie unsere Lage war, das wußten wir Soldaten nicht, daß der Feind uns mehr als dreimal an Zahl überlegen war, davon hatten wir keine Ahnung, aber daß unser ganzes Korps geschlossen beisammen war und daß eine schwere Entscheidung täglich erwartet wurde, war uns doch klar geworden. Wir sehnten uns auch nach einer Entscheidung. Das hastige Marschieren, meist bei der Nacht, das zum Gefecht bereit stehen am Tage im Schnee, die schlechten Quartiere, die geringe Verpflegung, dabei die heftige Kälte, das alles weckte das Verlangen, endlich aus dieser Ungewißheit herauszukommen. Als darum bei dem Marsche nach Ronchamp es durch die Reihen ging: „morgen wird Belfort gestürmt", da zweifelte keiner von uns an der Richtigkeit dieses Gerüchts. In dieser Zeit kam ein Lied auf, das unsere Großväter wohl 1812/13 gesungen hatten nach dem unglücklichen Feldzug Napoleons nach Rußland und das wir nun sangen, statt „Russen" das Wort „Franktireurs" einsetzend. Ich weiß leider nur noch einen kleinen Teil einer Strophe, der hieß:

Denn die Franktireurs von allen Seiten
Wollen uns den Paß abschneiden,
Es wär ja besser wir hätten Frankreich
Noch niemals gesehen,
Ach wie wirds uns noch gehn.

Das Lied hatte eine schwermütige Melodie. Wer aber

Schmidthenner, Erlebnisse. 7

von diesem Liede aus auf eine verzagte Gesinnung hätte schließen wollen, hätte sich sehr getäuscht.

Die Stimmung war keineswegs gedrückt, aber ernst. Wir zweifelten nicht im geringsten daran, daß wir die Festung nehmen würden, wenn man uns zum Sturm führe, so gut wir den Eisenbahneinschnitt bei Nuits genommen hatten. Aber wir wußten auch, welche Opfer der Sturm kosten würde.

Spät erreichten wir unser Quartier, um 3 Uhr am andern Morgen sollte wieder aufgebrochen werden. Unsere Korporal= schaft hatte ihr Unterkommen in einem ärmlichen Hause, in dem nur eine alte Frau schaltete. Wir streuten Stroh auf und legten uns zu kurzem Schlaf nieder. Maier von Grün= winkel blieb auf, schälte Kartoffeln, faßte dann, als die Pro= viantwagen angekommen waren, unser Fleisch und kochte. Um halb 3 Uhr hieß es: „auf, zum Essen!" Ich hatte unruhig geschlafen, ich hatte im Schlaf immer das Gefühl gehabt, als ob sich jemand an mir zu schaffen mache. Als ich er= wachte, lag außer meinem Mantel ein Frauenrock auf mir und das alte Weib saß auf einem Schemel neben meinem Lager. Während wir unsere Kartoffelschnitze und unser Rindfleisch aßen, frug ich Maier, wer mich mit dem Rock zugedeckt habe. Er sagte mir: „du hast dich immer von einer Seite auf die andere geworfen und dadurch den Mantel von dir geschoben, da hat die Frau sich neben dich gesetzt und den Mantel immer wieder über dich gezogen und schließlich noch den Rock geholt und dich damit zugedeckt." Ich konnte nur denken: „der liebe Gott vergelte dem Weibe die Barmherzigkeit, die sie an mir armem Menschenkinde that." Während wir noch aßen, kam die Meldung, „es wird erst um 6 Uhr abmarschiert." Wie froh wir müden Menschen um diese 3 Ruhestunden waren, läßt sich nicht sagen. Als ich mich wieder niederstreckte, da fielen mir auch schon die Augen zu. Ich zwang sie noch einmal auf, richtig, da saß die Alte wieder, mich zuzudecken. Wie beruhigt schlief ich nun ein!

Um 6 Uhr brachen wir auf, bald hörten wir den Donner der Belagerungsgeschütze, bald sahen wir auch Belfort vor uns liegen. In Echénans bezogen wir nachmittags Quatiere. In dem Hause, das unserer Korporalschaft zugewiesen war, lagen einige württembergische Artilleristen von den Belagerungstruppen. Es war ein stattliches wohlhabendes Bauernhaus. Unsere erste Frage an die württemberger Kameraden war: „hier ist ein gutes Quartier?" Da fingen sie an zu klagen über die Unfreundlichkeit der Leute, die ihnen den schlechtesten Raum im Hause zum Quartier gegeben.

„Und das laßt ihr euch gefallen?"

„Ja, was wollen wir machen? Es wird euch nicht besser gehen."

Da lachten wir und quartierten uns ein, wie wir es gewohnt waren, indem der Unteroffizier und ich mit dem Bauern durch das Haus gingen und dann abteilten: „das ist jetzt unser und das euer." Es war reichlich Raum für die Leute und uns. Das gefiel den Württembergern und schmunzelnd kamen sie mit ihren Habseligkeiten in die warme Stube und meinten: „ihr Badenser seid aber Kerl."

Dann kam die zweite Frage: „giebt es hier Wein?" Da fingen die biederen Schwaben von neuem an zu klagen: „wir sind seit 4 Wochen hier und haben noch keinen Tropfen Wein zu schmecken bekommen." Uns wollte es scheinen, als ob es in so großem Hause wohl auch Wein geben könne und wir fragen den Hausherrn. Seine Antwort war: „rien du tout, du tout, du tout." Wie oft hatten wir das gehört! Wir wußten, wie viel solche Beteuerungen zu bedeuten hatten.

„Wir haben Geld, wir bezahlen den Wein."

Der Mann blieb dabei: „rien du tout."

7*

„Dann suchen wir."

„Eh bien, cherchez."

Es dauerte keine Viertelstunde, da dampfte schon eine Schüssel mit heißem Wein auf dem Tische. Das gefiel den Württembergern über die Maßen.

Als wir frugen: „was ist denn hier los?" da kam das dritte Klagelied: „jeden Tag dasselbe, wir schießen hinauf und die Franzosen schießen heraus, wir vergehen in dem langweiligen Einerlei."

Da sagten wir: „nun paßt auf, jetzt, da wir kommen, geht's los." Die neuen Kameraden wurden nicht müde, unsere Heldenthaten anzuhören und uns anzustaunen, am meisten aber imponierte ihnen, daß sie durch uns ein so gutes Quartier und den Weg zum Weinfäßlein gefunden hatten.

Der folgende Tag, es war der 12. Januar, brachte mir eine Ueberraschung. Der Hauptmann unserer Kompagnie eröffnete mir, ich sei von heute an zur ständigen Ordonnanz bei dem Kommandeur des Regiments, Herrn Oberstlieutenant Hofmann kommandiert. Mit Rücksicht auf meine Verwundung habe man mich dazu bestimmt. Meine Aufgabe sei, den Herrn Oberstlieutenant überall hin zu begleiten, seine Karten ihm zu tragen und dergleichen. Ich trennte mich ungern von den treuen Kameraden der Kompagnie, andererseits freute ich mich dieses Auftrags. Ich schnallte meinen Tornister an den Kompagniewagen und meldete mich zu meinem Dienst.

Wir hatten an diesem Tage Ruhetag in Echénans und ich machte zunächst die Bekanntschaft der Diener des Herrn Oberstlieutenants und seines Adjutanten und der Regimentsschreiber und merkte bald, daß jeder dieser kleinen Herren eine andere Auffassung meiner Aufgabe hatte. Jeder meinte, ich sei speziell zu seiner Bequemlichkeit daher kommandiert, der eine, um ihm für seine Pferde gute Ställe zu suchen und

seine Pferde zu halten; der andere, für ihn und die andere
Gesellschaft das Fleisch zu fassen, der dritte, das Kochen zu
besorgen u. s. w. Ich merkte gleich an diesem Tage, wie
schlimm es dem Soldaten geht, wenn er nicht gute Kameraden
hat. Der Dienst selber, zu dem ich kommandiert war, wäre
ein schöner gewesen, in der Begleitung des Regiments=
kommandeurs hätte ich Gelegenheit gehabt, überall dabei zu
sein und es wäre mir eine Freude gewesen, meine Aufgabe
auch gut zu erfüllen, aber es ist nicht so geworden. Wir
trafen es zudem mit den Quartieren schlecht. Das erste, vom
12. auf den 13., war in einem reichen Hause. Ich ging in
eine der Stuben des geräumigen Hauses, weil ich meinte,
daß da unser Quartier sein werde, hatten wir doch erst am
Tage zuvor den Württembergern auseinandergesetzt, daß die
Soldaten nicht in den Hausgang, sondern in die Stube ge=
hören. Auf dem Tisch lag ein Apfel, den ich zu schälen
und zu verzehren begann. Während ich noch damit beschäftigt
war, erschien die Haushälterin und überhäufte mich mit
Scheltworten und zwar, ich traute meinen Ohren kaum, in
deutscher Sprache. Ich erwiderte ihr: „Tant de bruit
pour une pomme?" *) Einen Augenblick war sie über
meine französische Rede ebenso erstaunt wie ich vorher über
ihre deutsche, dann ging es von neuem mit Schelten über
mich los. Ich sah sofort ein, daß ich gegen diese Beredsam=
keit nicht aufkommen könne, that als wäre ich taub und aß
ruhig meinen Apfel weiter. In eine Stube kam ich aber
nicht mehr, die waren für uns verschlossen. Ich dachte an
die Württemberger und an die guten Lehren, die wir ihnen
gegeben hatten. In keinem Quartier habe ich so gefroren
als in diesem ungastlichen Hause. In der Nacht brachte ich
eine Meldung über den Marsch des andern Tages in das

---

*) „So viel Lärm um einen Apfel?"

nächste Dorf. Ich glaube, zu solchem Ueberbringen von Be=
fehlen war ich auch nicht hierher kommandiert. Am 13.
Januar bezogen wir ein Bivouak zwischen Echénans und
Mandervillars, nachmittags Gefechtsstellung hinter Brevilliers
und abends Quartiere in Chatenois. Der Tag war bitter
kalt gewesen, wir waren von dem Stehen im Schnee durch=
froren und hatten den ganzen Tag nichts gegessen. Die
Hoffnung auf ein gutes Quartier und Verpflegung wurde
wieder zu Schanden. Das Haus, das dem Herrn Oberst
lieutenant zugewiesen war, entsprach ihm nicht, so suchte er
sich ein anderes Quartier, aber alle Häuser lagen schon voller
Soldaten. Offiziere luden ihn ein, ihr Quartier zu teilen,
er nahm es an und wir, die wir zu seiner Begleitung ge
hörten, fanden in einem mit Soldaten vollgestopften Raum
ein schlechtes Unterkommen, ebenso die Pferde, die vor Kälte
in der Nacht schrieen. Der Bauer gab mir für Geld und
gute Worte ein Stück Speck, sonst hätte ich erproben können,
ob ein Mensch in bitterer Kälte länger als 24 Stunden
ohne Nahrung es aushalten kann.

Am 14. bezogen wir früh 7 Uhr Bivouak und Gefechts=
aufstellung bei Chatenois. Es war wieder bitter kalt, 14
Grad unter Null, zu essen gab es nichts. Nachmittags
suchte ich meine Kompagnie auf und meine Korporalschaft,
da teilten sie gerne das wenige, das sie hatten, mit mir.
Dann meldete ich mich durch den Feldwebel beim Herrn
Regimentsadjutanten und bat, wieder zur Kompagnie versetzt
zu werden. Dies geschah denn auch. Der einzige Dienst,
den ich während dieser zwei Tage dem Herrn Oberstlieutenant
zu leisten hatte, war der, ihm ein größeres Goldstück zu
wechseln. Bei dem Suchen nach Einem, der mir es wechsle,
geriet ich in das Haus, in dem der Kommandeur der Brigade,
Herr Oberst von Wechmar einquartiert war. Als er hörte,
was ich suche, wechselte er mir das Geld.

Bitter war mir's, daß mein Tornister, den ich zu meinem neuen Dienste abzulegen hatte, dabei abhanden ge= kommen ist. Als der Kompagniewagen nach der Schlacht bei Belfort wieder zu uns kam, war mein Tornister gestohlen. Es that mir hauptsächlich um meines zerschossenen Kessels wegen leid. Einen Tornister hatte ich bald wieder. Bei Chenebier auf dem Schlachtfelde gab es genug.

X. Belfort.

Am Morgen des 15. Januar marschierten wir durch Nommay und Charmont. Wir hatten eben vor diesem Dorfe Gefechtsaufstellung genommen, die Gewehre zusammen gesetzt, Stroh herbei geschafft und Feuer angezündet und einen Kessel mit Wasser über das Feuer gehängt in der Hoffnung, daß sich mit der Zeit auch noch etwas finden werde, das sich darin kochen lasse, kurz, wir hatten uns wieder eingerichtet, um den Tag im Schnee zuzubringen, als vor unserer Front Schüsse fielen. Die denkwürdige dreitägige Schlacht vor Belfort hatte begonnen. Im Nu waren wir bereit und marschierten über das Schneefeld dem Gewehrfeuer zu. Die Lisaine, ein klares, tiefes Wasser, das sein Bett bis an den Rand füllte, kreuzte unsern Weg. Der Bach war etwa 6 Fuß breit, an einzelnen Stellen schmäler, so daß er leicht zu überspringen war, an andern Stellen breiter. Ich sprang unvorsichtiger Weise ohne zu prüfen da nach, wo ich einen Andern sich hinüberschwingen sah. Noch heute erfüllt mich die Erinnerung mit Unbehagen. In dem Augenblick, als ich abgesprungen war, erkannte ich, daß die Stelle für meine Kraft fast zu breit war. Ich streckte mich im Sprung und erreichte auch glücklich das andere Ufer. Wäre ich einen Zoll kürzer gesprungen, so wäre ich wieder rückwärts in das tiefe kalte Wasser gestürzt. An Armen, die mir heraus geholfen hätten, hätte es nicht gefehlt, aber wie ich das kalte Bad ertragen hätte, weiß ich nicht.

Wir kamen bald in den Bereich des feindlichen Feuers. Wir gehörten offenbar zur Reserve, denn wir wurden zugsweise bald da bald dorthin geworfen, ohne in das Gefecht mit einzugreifen. Eine Zeitlang standen wir im Granatfeuer. Drei Granaten gingen hart über unsere Köpfe weg, sie waren gut gezielt, nur ein wenig zu hoch, zu unserm Glück. Das sind unbehagliche Minuten, wenn man das unheimliche Geschoß auf sich zusausen hört und deutlich erkennt, wie genau es die Richtung hat und näher kommt. Als diese drei Granaten über uns weggingen, war es unsere Aufgabe, geschlossen still zu stehen. Da ist es viel schwerer, der Gefahr zu trotzen als beim Marschieren, da zeigt sich aber auch der Geist einer Truppe. Wer ein guter Soldat sein will, der streckt sich, wenn die Granate kommt, noch einen halben Zoll und rührt dann kein Glied. In dem Augenblick aber, in dem die Granate über die Köpfe weg zieht, so nah, daß man mit dem Bajonett sie berühren könnte, da atmet keiner, deß bin ich gewiß; ist sie aber vorüber, dann kommt ein stilles Gottlob aus jedem Herzen. Es war ein Glück für uns, daß es hinter uns steil bergab ging, die Geschosse also, wenn sie nur erst über uns weg waren, noch eine ziemliche Strecke weit flogen, ehe sie den Boden berührten und uns, wenn sie krepierten, nichts mehr schadeten. Das Her- und Hinmarschieren ging bis in die Nacht hinein, endlich kamen wir in Allarmquartiere in Bethoncourt. Hier in Bethoncourt blieb unser Bataillon auch während der zwei folgenden Tage.

Bethoncourt lag am südlichen Ende unserer Westfront. Eine Stunde hinter uns lag Belfort mit einer Besatzung von 15 000 Franzosen, davor die deutsche Belagerungsarmee. Um diese herum legte sich in einem Halbkreis unser 14. Armeekorps, um den Stoß Bourbaki's aufzuhalten. Die Linie, welche wir einnahmen, lehnte sich rechts an die Vogesen, zog von da vier Stunden lang nach Süden, mit der Front nach

Westen, wendete dann in rechtem Winkel sich nach Osten in einer Entfernung von ebenfalls vier Stunden bis an die Schweizer Grenze. Der Stoß der Franzosen war gegen die nach Westen sich wendende Linie gerichtet. Diese Linie ist bezeichnet durch die Ortschaften Frahier, Chenebier, Chagey, Hericourt, Bussurel, Bethoncourt und Montbéliard, das alte Mömpelgard, welche alle im Thale der Lisaine liegen. Hinter diesem Bach zogen sich unsere Stellungen hin, teilweise sich anlehnend an den Damm einer Eisenbahn, welche das Thal seiner Länge nach durchzieht. Das Thal der Lisaine trennte den Feind von uns, dieses Thal ihn nicht überschreiten zu lassen, darum handelte es sich. Zur Verteidigung dieser Linie hatte General von Werder 38 000 Mann mit 140 Geschützen. Uns gegenüber standen 140—150 000 Franzosen mit 360—400 Geschützen, eine fast vierfache Uebermacht.

Die Brücken über die Lisaine waren abgebrochen, die Dörfer zur zähen Verteidigung hergerichtet, aber eine günstige Stellung hatten wir nirgends. Die Lisaine fror bei der grimmen Kälte zu, dieses Hindernis fiel also für den Feind weg; die Festung in unserem Rücken hinderte jede freie Bewegung; unsere Linie war dabei so lang, die Verbindungswege so gering, daß die Aufgabe, die unser Korps zu lösen hatte, eine überaus schwere war. Aber da waren wir nun, hier sollte die Entscheidung fallen. Wie viel auf dem Spiel stand, ahnten wir nicht. Daß aber stundenweit zur Rechten und Linken von uns auch gekämpft wurde, erkannten wir an dem Kanonendonner. Sobald am 16. der Morgen graute, sandten die Batterien sich wieder ihre Grüße zu. Wir standen den ganzen Tag in den Gassen von Bethoncourt, das die Franzosen mit Granaten und Chassepotkugeln überschütteten. Hier machten wir auch zum erstenmale die Bekanntschaft der Mitrailleusen. Zwei Versuche der Feinde, bei un

jerm Dorfe über das Thal zu dringen, die von den unten
liegenden Kompagnien blutig zurückgewiesen wurden, jahen
wir von hier oben mit an. Unjere Hülfe war nicht nötig.
Wir hatten Wein, den wärmten wir uns. Die armen Ein
wohner des Dorfes jaßen zujammengekauert in ihren Kellern
und wagten sich nicht hervor. So verging für uns der
16. Januar.

In der Nacht vom 16. auf 17. lag unjere Korporal
schaft in dem oberjten Haufe unjeres an dem Berge hinauf=
gebauten Dorfes. Wir lagen in einer kleinen Stube im zweiten
Stock. Mir wurde es da zu jchwühl, jo nahm ich Gewehr
und Helm und ging herunter in den unteren Raum, wo noch
einige andere am Kaminfeuer lagen. Es war etwa morgens
3 Uhr. Kaum hatte ich mich auf das Stroh geftreckt, als
es unten im Dorfe Generalmarjch jchlug. Im Begriff hin=
aus zu eilen, fiel mir auf, daß oben sich noch nichts rührte.
Sie hörten den Trommeljchlag nicht. Ich tajtete mich wieder
hinauf an die Thüre und rief hinein: „es jchlägt General=
marjch!" Unvergeßlich bleibt mir die Wirkung dieses Rufes.
Nicht ein Wort wurde gejprochen, aber ein Geftampfe ging
los, wie es eben entfteht, wenn zwanzig Männer mit einem
Schlag auffpringen und jeder nach jeinem Tornifter, Helm
und Gewehr greift und unmittelbar hinter mir kamen sie die
Treppe herunter und das alles in der dickjten Finfternis.
In der That, das waren kriegsgeübte Soldaten.

Das Schaujpiel, das sich uns bot, war großartig jchön,
wenn man jeine Bedeutung vergeffen konnte. Der uns gegen=
überliegende Wald jprühte Feuer. In die dunkle Nacht hinein
machten die Franzojen nach unjerm Dorfe zu ein Schnell
feuer. Was es bedeuten sollte, ob es die Einleitung jein
sollte zu einem ernften Angriff, oder ob sie sich jelbft damit
wach und warm erhalten oder uns auch nicht jchlafen lassen
wollten, da sie vor Kälte nicht jchlafen konnten, wußten wir

nicht. Zur Sicherheit wurden wir herunter in unsere Stellung zu den dort liegenden Truppen in die Lücken gezogen. Einen halsbrecherischen Hang ging es hinunter, zuletzt eine hohe steile Böschung, dann standen wir auf dem Eisenbahndamm, wo unsere Stellung war. Hinter uns erhob sich der steile Hang, vor dem Eisenbahnkörper ging es noch eine Strecke weit bergab, dann dehnte sich vor uns das Thal der Lisaine. Dieses Thal beherrschten wir von hier aus gut, aber wir selber hatten keinerlei Schutz als die Eisenbahnschienen mit ihrem ein halb Fuß hohen Unterbau. Auf dem Boden liegend mochte man notdürftig gedeckt sein. So viel erkannten wir in der Dunkelheit. Es war bitter kalt, uns aber wurde bis zum Tagesanbruch warm, denn wir benutzten die Dunkelheit, um von der zusammengefrorenen Steinmasse, auf der die Schwellen lagen, mit dem Faschinenmesser Steine loszubrechen, um vor uns eine kleine Schutzwehr aufzurichten und um ein wenig Holz beizutragen, denn das sahen wir, wir mußten uns für den folgenden Tag in diesem Schnee und Eis häuslich einrichten. Es war nicht der Rede wert, was wir zum Schutze unserer Stellung fertig brachten und als es Tag wurde, da lehrten es uns die Franzosen, uns auf den gefrorenen Boden hinter die Schienen zu legen und zu erproben, wie lange wir das aushalten konnten.

Das schneebedeckte Thal mochte etwa 7—8 Minuten breit sein. Jenseits desselben begann der Wald, der sich die uns gegenüberliegende Höhe hinaufzog. Dieser Wald verbarg uns den Feind. Die Franzosen aber, die unten am Rande des Waldes sich bewegten, konnten wir deutlich erkennen, wir hörten ihre Rufe und sahen ihre einzelnen Bewegungen. Unsere Gewehre trugen bis hinüber. Es war uns aber der allgemeine Befehl gegeben, nicht unnötig zu schießen. Wer schießen wollte, der konnte, an Gelegenheit fehlte es nicht, aber es hatte bei der für unser Gewehr großen Entfernung

keinen Zweck. Die französischen Chassepots reichten aber
bequem zu uns herüber und die Franzosen konnten es nicht
lassen, auf jeden von uns, der sich sehen ließ, zu schießen.
Unmittelbaren Schaden haben sie uns damit nicht zugefügt,
aber sie zwangen uns, auf dem gefrorenen Boden hinter den
Eisenbahnschienen liegen zu bleiben. Wo sich einer erhob,
da flogen die blauen Bohnen nach ihm herüber. Um einige
herumschwirrende Kugeln, auch wenn man wußte: „sie gelten
alle speziell mir", machte man sich nicht viel, aber zu lange
darauf vertrauen: „es wird mich nicht gerade eine treffen",
war doch zu gewagt. So lagen wir denn im Schnee auf
dem Boden. Zu Zweien rückten wir zusammen und unser
Geschäft war, zu frieren und dabei ein kleines Feuerlein zu
unterhalten, die nassen gefrorenen Zweige allmählig zu trocknen
und in Brand zu bringen. Wärmen konnte man sich an
solchem Feuerlein nicht, aber die Zeit ein wenig mit vertreiben. Auf die Dauer war es aber unerträglich, auf dem
kalten Boden im Schnee zu liegen. Unbekümmert um die
französischen Kugeln sprangen wir auf und trotteten auf
unserem Damm herum.

Gegen Mittag wurde es milder, es fehlte nicht mehr
viel zum Tauen. Da rafften die Feinde sich zweimal zusammen, um einen ernsten Angriff auf uns zu versuchen.
Laute Signale verkündeten, daß sie etwas vorhatten. Auf
einer offenen Fläche im Walde sammelten sich ihre Kompagnien,
um zum Angriff vorzugehen. In den Bereich unserer Gewehre
kamen diese Kolonnen aber nicht. Unsere Artillerie sprengte
sie jedesmal auseinander. In dem Augenblick, in dem sie
ihren Aufmarsch vollendet hatten, trieben unsere Geschütze
ihre Granaten in ihre Reihen. Unvergeßlich sind mir die
Augenblicke, wo wir mit unseren Augen dem Sausen unserer
Granaten folgten. Mit unheimlicher Genauigkeit fuhren sie
mitten hinein in die Menschenmassen. Kein Ruf der Freude

über die Vereitelung des Angriffs auf uns wurde laut, es war nicht möglich, die armen Kerle dauerten uns, die wie Schafe zur Schlachtbank geführt wurden. Sie hielten nicht aus, sie stürmten auch nicht vorwärts zum Angriff: wie eine Schar Sperlinge, unter die ein Schuß fällt, so stoben sie auseinander, die Stelle aber, wo die Granaten eingeschlagen, bezeichnete ein großer dunkler Kreis im Schnee.

Immerhin war ein Angriff gerade an unserer Stelle zu erwarten und ein ernster Angriff hätte uns auch schwere Arbeit gemacht, darum wurden im Laufe des Nachmittags einige Kompagnien preußischer Landwehr in unsere Lücken eingeschoben. Es waren ältere Männer, die Weib und Kind daheim hatten. Ihr Kommen zu uns wäre fast für sie und uns verhängnisvoll geworden. Diese Landwehrleute trugen keine Helme, sondern den französischen Käppis ähnliche Kopfbedeckungen. Unsere Artillerie hielt sie für Franzosen und als dieselben auf unseren Damm marschierten, meinte unsere Artillerie, wir hätten unsere Stellung den Franzosen geräumt und warf einige Granaten auf unseren Damm. Die erste Granate war etwas zu lang und flog in die Lisäne, die zweite etwas zu kurz, die dritte und vierte flog mitten auf unsern Damm. Unsere Bestürzung war groß, weil unser erster Gedanke sein mußte: „wir sind umgangen und werden im Rücken angegriffen." Zum Glück klärte sich das Mißverständnis, das von dritter Seite beobachtet worden war, auf, ehe bei uns Verwundungen vorkamen. Einem Soldaten unserer Kompagnie hatte ein Granatstück den Absatz am Stiefel weggerissen, einem anderen die Hose längs des Beines aufgeschlitzt.

Gegen Abend fingen die Franzosen an, ihre Stellungen zu räumen. Das war ein Anblick, bei dem wir uns freuten. Wir hatten alle genug. Ich zumal hatte genug. Mich fing ein Fieberfrost an zu schütteln. Ich bat unsern Lieutenant, in das Dorf gehen zu dürfen. Oben in einer warmen Stube war der Anfall rasch vorüber. Ich benützte die Mußestunden zu einer friedlichen und unaufschiebbaren Beschäftigung. Nun die Franzosen abzogen, war dazu günstige Zeit. Meine Hose ging auseinander, die Näte waren verschiedentlich geplatzt. So machte ich mich ans Flicken. Als ich die Näte aus= einanderbog, machte ich eine Entdeckung, die mich nicht über= raschte, aber noch weniger erfreute. In den Falten saß es weiß und klein, ein Punkt am andern. Ich brauchte keinen zu fragen, was das sei, ich wußte es, daß das Kleiderläuse sind. Schon in Dijon hatte es einmal geheißen: „Die 5er haben Läuse." Damals sagten die Grenadiere: „so was kommt bei uns nicht vor." Es kam aber doch vor und es dauerte nur noch ein paar Tage, da wußte man, das ganze Regiment hat Läuse. Nun wußte ich auch, was mich schon in der Nacht auf den 1. Januar in Vesoul so gebissen hatte. Ich gehörte zu den glücklichen Menschen, die in der Kaserne von den Tierlein, die dort heimisch sind, nicht belästigt wurden. Die Kleiderläuse verschonten mich aber nicht. Sie waren eine große Plage. So lange wir in der Kälte marschierten, zogen sie sich in die Falten der Näte zurück, wenn wir aber müde ins Quartier kamen und anfingen, warm zu werden und schlafen wollten, dann kamen diese Plagegeister hervor und peinigten uns bis aufs Blut. Sich gegen sie zu schützen, war nicht möglich. Sie machten es wie rechte Kriegsleute. Erst kamen einige Plänkler und eröffneten das Gefecht, bald aber riefen sie alle Mann aufs Schlachtfeld. Das einzige wirksame Mittel wäre gewesen: frische Kleider. Die gab's eben nicht. So oft es uns möglich war, schütteten wir über unsere Unterkleider kochendes Wasser und schliefen die Nacht über nur in Hose und Rock bis Hemd und Unterhose ge= trocknet waren. Es war eine schlimme Zeit und es war gut, daß bald frische Hemden und Hosen für uns ankamen.

Am 18. sammelte sich unser Regiment bei la Grange Dâme, Quartiere erhielten wir in Chatenois, am folgenden Tage vereinigte sich die badische Division bei Chenebier, unser Regiment erhielt in diesem Dorfe Quartier. Unser Marsch dahin führte uns über einen Teil des Feldes, auf dem an den vorhergehenden Tagen heftig gekämpft worden war. Am Wege und auf dem Felde lag noch eine Menge toter Franzosen. Bauern waren bei dem traurigen Geschäfte, sie zusammen zu tragen und zu begraben. Chenebier selbst bot einen grausigen Anblick. Hier war es den Franzosen fast gelungen, unsere Linie zu durchbrechen. Am 16. war Chenebier von den Franzosen genommen worden, beim Tagesgrauen zum 17. Januar wurde das Dorf von der Brigade Keller überfallen und den Franzosen wieder entrissen, um noch einmal an die Franzosen verloren zu gehen. Un= mittelbar hinter Chenebier gelang es dann den Unsern, sich festzusetzen und alle Vorstöße des Feindes zurückzuweisen. Als wir im Laufe des Nachmittags nach Chenebier kamen, war das Schlachtfeld zum größten Teil geräumt, die toten Deutschen waren begraben, viele tote Franzosen lagen noch draußen. Es scheint, man hat die Arbeit, die Toten zu be= graben, mit den Franzosen in der Weise geteilt, daß man ihnen den Teil der Arbeit überließ, von dem man annehmen durfte, daß sie ihn auch gut besorgen würden, ihre eigenen Landsleute zu bestatten. Die Umgebung des Dorfs zeigte überall die Spuren des erbitterten Kampfs. Man sah deut= lich, wie an den einzelnen Bäumen die Kämpfenden sich fest= gesetzt hatten, der Boden war an solchen Stellen zerstampft und ringsum lagen abgeschlagene Gewehrkolben und zer= schmetterte Helme, dann wieder sah man deutlich wo die Granaten eingeschlagen hatten, 2, 3 Tote beisammen, von den Sprengstücken zerrissen. An manchen Plätzen war's, wie's in dem Liede hieß:

Man sah fast keinen Boden vor Sterbenden und Toten
Da liegt ein Bein, ein Arm, ach daß es Gott erbarm.

Im Dorfe selbst lagen viele Granatstücke und Bleikugeln
es mußte hier geradezu Eisen und Blei geregnet haben. Auf
Leiterwagen getürmt wurden die Toten vom Schlachtfeld herbei=
geführt, in den Straßen lagen einige tote Pferde. Eine Menge
Granaten waren nicht geplatzt, um sie wegzuschaffen warf man
sie in einen tiefen Ziehbrunnen. Die Häuser waren zerschossen
und überall lagen Verwundete. Kurz ein grausiges Bild der
Zerstörung. Der Kampf, der hier gewütet hatte, war offenbar
kein regelrechter Kampf mehr gewesen. Offenbar war auf
beiden Seiten die Ermattung so groß gewesen, daß der Kampf
sich erst entspann, wenn die Kämpfenden handgemein wurden
und daß es der Kraftlosigkeit des siegreichen Teils nicht mehr
gelang, über die Ermattung des andern Teils völlig Herr
zu werden.

Der kommandierende General anerkannte die Leistungen
des Korps in der dreitägigen Schlacht durch einen rühmenden
Tagesbefehl, der also lautete: „Das 14. Korps und die um
Belfort vereinigten Truppen haben durch ihre außerordent=
lichen Leistungen im Ertragen von Strapazen größter nur
denkbarer Art, sowie durch glänzende Tapferkeit dem Vaterland
einen Dienst geleistet, den die Geschichte gewiß zu den denk=
würdigsten Ereignissen des ruhmreichen Feldzugs zählen wird.“

Das Lob, das unserer Ausdauer und Tapferkeit gezollt
wurde, hatten wir verdient, unsere Führung muß auch eine
meisterhafte gewesen sein, aber wir wollen es auch nicht in
Abrede stellen, wir hatten einen starken Verbündeten in der
grimmigen Kälte. Wäre es nicht so kalt gewesen, ich weiß nicht,
ob es uns 36000 gelungen wäre, 140000, eine drei= bis
vierfache Uebermacht, zurückzuwerfen. Die französische Artillerie
hat sich in diesen drei Tagen vortrefflich geschlagen, sie war

zudem durch ihre große Zahl der unsern weit überlegen. Die französische Infanterie bestand wohl zum Teil aus jungen noch ungeübten Truppen, aber doch mindestens ebenso viele wie wir, 36000 Mann, waren gediente, kriegsgeübte Soldaten. Mit diesen an einer Stelle unsere dünne Reihe zu durchbrechen, hätte ihnen doch gelingen müssen, denn sie hätten mit den andern 100 000 unsere Truppen längs der ganzen Linie fest= halten können. Daß sie nicht dazu kamen, ihre ganze Macht uns gegenüber zur Entfaltung zu bringen, das danken wir der Kälte. Wir Deutsche ertrugen die Kälte viel besser als die Franzosen, einmal weil unser Vaterland ein rauheres Klima hat als das Frankreichs ist, sodann weil wir besser denn jene gekleidet waren und endlich, weil von uns allen bis auf den letzten jeder seinen Mann stellte. Wer nicht von Grund aus gesund und zäh war, war nicht mehr vor Belfort dabei. Wie furchtbar die Franzosen unter der Kälte gelitten haben, schildern französische Offiziere in herzergreifender Weise. Wir litten auch unter der Kälte, aber wir erlagen ihr nicht. Ein Stück seiner Jugend und seiner Lebenskraft hat aber jeder von uns wohl ohne Ausnahme auf jenen Schneefeldern zurück= gelassen. Nicht bei jedem hat sich wieder ersetzt, was er dort verloren hat. Es ist nicht zu wundern, daß von denen, die den ganzen Feldzug mitgemacht haben, so viele schon gestorben sind und so viele nicht mehr das an Kraft und Gesundheit sind, was sie waren und was sie ihren Jahren nach noch sein könnten. Kriegsjahre zählen für den Dienst doppelt, sie zählen fürs Leben vielleicht fünf= oder zehnfach.

Jeden aber, der damals mit dabei war, der seine Kraft auch mit einsetzte und an seiner Lebenskraft vielleicht mit ein= büßte, kann das Bewußtsein erheben und trösten, daß er hat mithelfen dürfen, ein großes Verderben von unserm Vater= lande abzuhalten. Wenn wir an die Folgen denken, die eine Niederlage vor Belfort für uns gehabt hätte, müssen wir immer wieder sagen: Gott sei Lob und Dank, daß es damals uns gelungen ist.

Am 20. fanden wir wieder Fühlung mit dem abziehenden Feinde, die Nachhut desselben stand in Villersexel, am 21. sollte auf dieselbe ein Angriff gemacht werden. Quartiere fanden wir in Moffans. Auf dem Marsche trafen wir die Württemberger von Echénans. Sie riefen uns zu: „ihr Badenser, habt ihr wieder recht requiriert?" Wir riefen ihnen entgegen: „gelt, wir haben es euch gesagt, wenn wir kommen, geht es los."

In der Nacht auf den 21. räumte der Feind Villersexel, so daß wir ohne Kampf am 21. in das Städtchen einzogen. Villersexel liegt ähnlich wie Wimpfen am Berg und bietet dieselbe herrliche Aussicht wie die hessische Neckarstadt. Die Stadt war von dem Kampfe am 9. Januar stark mitgenommen, der am höchsten gelegene Teil der Stadt war zerschossen und zu Trümmern gebrannt. Auf der höchsten Stelle lag das niedergebrannte Schloß des Herzogs von Grammont. Im Schloßhof fand am 22. Januar, an einem Sonntag, ein Feld= gottesdienst statt, der einzige Feldgottesdienst, an den ich mich erinnern kann. Es lag etwas Ergreifendes in dem Gottes= dienste auf der Trümmerstätte, ringsum schweifte der Blick auf das schöne Land.

Daß wir d. h. unsere Kompagnie, oder unser Zug, nur zu einem Feldgottesdienst kamen, daran waren wir nicht schuld, noch weniger etwa die Feldprediger. Dieselben haben gewiß Gottesdienste gehalten, so oft dazu Zeit und Gelegenheit war und jedesmal fanden sie gewiß aufmerksame und dankbare Zuhörer. Aber bei der geringen Zahl der Feldgeistlichen und bei dem beständigen Wechseln des Kriegsschauplatzes kam an die einzelnen Abteilungen die Reihe, den Gottesdienst besuchen zu können, gar selten. Wir waren eben auch in Bezug auf die Seelsorge unter dem Militär auf solche Verhältnisse, wie

8*

sie dieser Krieg annahm, nicht eingerichtet. Es ist erfreulich, daß wir wissen, sollte es wieder zu einem Kriege kommen, so wäre für eine reichliche Seelsorge im Heere nicht nur für die Verwundeten und Kranken, sondern auch für die Gesunden gesorgt, das ist gut. Denn was die einzelnen an Gottes= furcht im Herzen tragen, schwindet doch leicht, wenn nicht die Herzen immer wieder gestärkt werden. Die Gefahren allein thun das nicht.

XI. Abbans-Dessus.

Die bourbatische Armee hatte sich bei Besançon ge=
sammelt und verharrte hier entmutigt und entschlußlos. Man=
teuffel war mit dem 2. und 3. Korps im Anmarsch. Auf
die Nachricht hin, daß die Entscheidung bei Belfort bereits
gefallen, verzichtete er auf eine Vereinigung mit dem Werder'schen
Korps und wandte sich mehr südwärts, um Bourbaki die Wege
nach Lyon zu verlegen. Die Märsche, die wir bis zum 28.
ausführten, hatten den Zweck, um Besançon einen Ring zu
schließen und Bourbaki nur die eine Straße nach Pontarlier
über die Schweizer Grenze offen zu lassen. Das Manöver
gelang vollständig, am 28. war das Schicksal der französischen
Armee besiegelt.

Wir marschierten von Villersexel südwestlich, dann im
Bogen um Besançon herum auf dessen südliche Seite. Quar=
tiere bezogen wir am 23. in Thiénant bei Montbozon, am
24. in Rioz, am 25. in Bonnevent, am 26. in Brussey,
am 27. in Saint-Vite, am 28. kamen wir in Abbans-Dessus
an, wo wir bis zum 14. Februar blieben.

Abbans-Dessus liegt hoch oben auf einem Berge. Wir
lösten hier eine preußische Kompagnie ab. Als wir das Dorf
erreichten, war es schon finstere Nacht. Wir waren wohl
nicht mehr erwartet worden, denn der Abmarsch der Preußen
fand so eilig statt, daß die Bewohner offenbar meinten, sie
räumten das Feld vor heranziehenden Franzosen. Unsere

Kampagnie hatte die Wachen zu geben. Nach der ungefähren
Stärke der Kompagnie wurde die Zahl der einzelnen Wacht=
posten bestimmt, unsere Kompagnie zählte aber einige Mann
mehr, als man angenommen hatte. So kam es, daß einige
Leute, darunter ich, überzählig waren. Anstatt uns nun einer
der abziehenden Wachen anzuschließen, wie wir es vielleicht
eigentlich hätten thun sollen, zogen wir es vor, uns auf eigene
Faust einzuquartieren. Wir wählten ein stattliches Haus aus.
Die Bewohner empfingen uns mit verblüfften Gesichtern.
Sie hatten offenbar gemeint, Franzosen kämen, denn sie hatten
schon einen Korb mit gefüllten Flaschen zurechtgestellt. Wir
sorgten nun für uns aufs beste. Ein Kochkünstler entfaltete
sein Talent und bereitete Milchspäzle. Ein Gang in Küche
und Keller belehrte uns, daß da noch nicht viele Soldaten
gewesen sein mußten, denn da war überall Wohlstand und mich
dünkte, daß wir da gute Tage haben möchten. So kam es
auch. Die Ruhe und gute Verpflegung that uns auch not.
Nach wenigen Tagen waren wir wieder au fait, unser Still=
leben da oben dauerte aber über vierzehn Tage.

Als am Morgen nach dieser ersten Nacht unsere Leute von
der Feldwache kamen, waren sie durchfroren bis ins Mark
und konnten nicht genug sagen, wie kalt es gewesen. Ich
lernte diese Feldwache bald auch kennen. Unser Dorf lag
auf dem Rücken eines steilen Berges, der sich hinter dem
Dorfe noch ziemlich in die Höhe zog. Auf der einen Seite
des Berges floß der Doubs, auf der andern der Loue. Die
Aussicht, die sich vor dem Dorfe auf das Doubs-Thal und
wohl zwanzig Stunden weit hinein ins Land bot, war wunder=
schön. Ich habe noch keine Aussicht genossen, die jener gleich
käme. Dazu die hellen, klaren Frühlingstage. Stundenlang
lagen wir vor dem Dorfe an einem Hang im warmen Sonnen=
schein und schauten hinunter nach dem schönen blauen Flusse
und den Bergen und Dörfern in der Ferne. Die Aussicht

aber, die sich oben von der Stelle bot, wo unsere Feldwache war, war geradezu überwältigend. Man stand da auf einem Grat, der etwa zwanzig Schritte breit, nach beiden Seiten steil abfallend dem Auge nach allen vier Himmelsrichtungen freien Ausblick und überall ein großartig schönes Bild darbot. Die Nächte da oben, wir waren etwa dreimal oben, waren aber bitter kalt, ob man sich hinter die aus rohen Steinen aufgeführten Schutzmauern, oder in einen Graben, oder hinter einen Busch legen mochte, der Wind blies einen durch, daß man froh war, zu einer nächtlichen Patrouille ausgeschickt zu werden.

Wir waren Besançon nicht sehr ferne, vielleicht drei Stunden, vor uns lagen starke feindliche Vorposten, unsere Patrouillen gingen in oder bis an die dazwischen liegenden Dörfer, teilweise auf einer großen Straße, die von Besançon nach Lyon zu führt, und die deutliche Spuren zeigte, daß hier ein Vorstoß der Franzosen zurückgewiesen worden war, teilweise durch Wald an einem unheimlichen verlassenen Gebäude vorbei. Zu einem Zusammenstoße mit dem Feinde kam es bei diesen Patrouillen nicht.

Die meiste Zeit über hatten wir nichts zu thun. Das Dorf war sehr wohlhabend, jeder Bauer hatte zwei Ochsen im Stall und einen Keller voll Wein. Ich weiß nicht, wie es kam, aber während wir fast überall, wo nicht Not war, den Wein bezahlten, dachte hier keiner ans Bezahlen. Wäre der Wein auch noch so billig gewesen, unser Geld hätte doch nicht gereicht, zu bezahlen, was wir tranken. Wie in jedem Haushalte am Morgen ein Kübel frisches Wasser geholt wird, damit die Hausbewohner ihren Durst löschen können, so holten wir am Morgen einen Kübel Wein aus dem Keller, zum Mittagessen kam der zweite und zum Abend der dritte. Hie und da kamen unsere Offiziere um nachzusehen, ob es uns auch an nichts fehle. So lange dieser Besuch dauerte,

stellten wir den Weinkübel etwas abseits. Wenn wir dann
auf die Frage, wie es uns gehe, aus einem Munde ant-
worteten: „gut, Herr Hauptmann" und unser Bauer, weil
alles fröhlich aussah, der Spur nach auch ein fröhliches Gesicht
machte, so meinte unser Hauptmann: „euch sieht man's an,
daß es euch gut geht." Nach den Weinverhältnissen im
Einzelnen frug er nicht. Jede Korporalschaft hatte in ihrem
Keller eine besondere Sorte guten Weins, der nur bei besonderen Gelegenheiten zum besten gegeben wurde. Wir
Freiwillige luden uns gegenseitig zu Gaste und regalierten
uns mit dem besten, das unser Keller bot und ein Trost
war es, zu wissen: wenn wir nicht gar zu lange bleiben,
halten unsere Fässer uns aus. Die Einladungen unserer
Korporalschaft waren besonders gesucht, weil bei uns einer
der Kompagniemetzger, Jakobi, ein ächtes Pfälzerkind, war.
Jeden Tag wurde ein Ochse geschlachtet und davon brachte
Jakobi jedesmal ein Stück mit, das ihm als Metzger zum
voraus zufiel, immer wieder neue Leckerbissen, mit Vorliebe:
Kinnbacken. Und unsere Bauern? Die waren gut Freund
mit uns. Die hatten wohl auf ihrer Höhe lange nur von
den Greuelthaten der Deutschen gehört, so daß sie, als nun
wirklich deutsche Soldaten kamen, wohl meinten, noch gar
glimpflich davon gekommen zu sein und von großem Glück
sagen zu können, daß wir nicht ihr Blut, nur ihren Wein
abzapften und nicht ihre Kinder, nur ihre Ochsen anfaßten.
Wir führten gemeinsame Haushaltung und waren alle guter
Dinge. Stundenlang standen wir in Hemdärmel und Unter-
hosen auf den Dorfgassen und sonnten unsere umgewendeten
Kleider und klopften sie dann aus, nicht des Staubs sondern
der Läuse wegen. Die Kochkünstler hatten Zeit, ihre in Frankreich gesammelten Künste anzuwenden, interessante Versuche
darüber anzustellen, ob z. B. zu sauren Nieren Essig besser
ist oder roter Wein. Die Unteroffiziere waren auch allmählig

verwöhnt und mitunter übler Laune, z. B. wenn wieder Reis auf dem Speisezettel stand und diese üble Laune wurde dadurch nicht verbessert, daß wir kamen, uns den Spektakel anzusehen.

Hier erprobten wir auch gründlich, was der beste Ersatz ist für Rauchtabak, ob Rebenrinde oder Heublumen oder getrockneter Kaffeesatz und kamen einmütig zu dem Schlusse, daß das eine dieser drei Dinge in der Pfeife ebenso jämmerlich schlecht schmeckt wie die zwei andern und daß eine Pfeife Rauchtabak durch nichts zu ersetzen ist. Leider fehlte uns dieses edle Kraut ganz. Wir hätten so schön Zeit gehabt zum Rauchen. Dieser Mangel und der Wind oben auf der Feldwache erinnerte uns daran, daß wir noch nicht im Schlaraffenlande waren. Dabei waren so schöne Frühlingstage, wie ich in Deutschland noch keine erlebt habe, wie es in Deutschland, glaube ich, gar keine giebt.

Eine große Thorheit habe ich hier oben begangen. Es wurde mir die Führung einer Korporalschaft angeboten. Bei der großen Zahl der Einjährigen war es für den Einzelnen schwer, sich hervorzuthun, darum war es unverzeihlich, daß ich nicht annahm.

Der 30. Januar erinnerte uns daran, daß wir noch in Feindesland waren. 4 Kompagnien stark mit einigen Dragonern unternahmen wir eine Rekognoszierung auf der großen Dôler Straße Besançon zu. Unsere Aufgabe war, bis in ein bestimmtes Dorf, das zweite vor uns, vorzugehen. In dem erstem Dorfe wurden einige Unteroffiziere und Gefreite, darunter auch ich, beordert, mit einigen Leuten die Häuser zu durchsuchen nach Waffen. Wir fanden nichts Verdächtiges. Bereitwillig füllten aber die Leute unsere Brotbeutel mit Brot und Speck und unsere Feldflaschen mit Wein und wir waren eben daran, getrocknete Trauben abzubeeren, als draußen aus der Richtung, nach der die Unsern marschierten, ein Schuß fiel.

Im Laufschritt eilten wir unserer Kompagnie nach, wir übersahen sofort die Lage. Das Dorf vor uns war stark besetzt und auf der Höhe davor standen französische Geschütze. Die erste Granate war nach unsern Dragonern geworfen worden, die nach allen Richtungen auseinanderstäubten. Die zweite und dritte Granate flog unseren Kompagnien zu ohne zu treffen. Wir sahen wie die Kompagnien sich zum Gefecht auseinanderzogen. Ehe wir sie aber erreichten, sammelten sie sich wieder, und das feindliche Feuer verstummte. Als wir den Unsern nahe waren, riefen sie uns entgegen: „es ist Friede." Wir wagten nicht, es zu glauben, weil das Wort Friede so tief in unsere Herzen schlug, daß wir die Enttäuschung fürchteten. In diesem Augenblick, als es hieß „Friede", fühlten wir erst, wie wir des Krieges müde waren und uns heim sehnten. Eben als die Unsern erwartet hatten, daß die feindlichen Geschosse in ihre Reihen einschlügen, waren 2 französische Reiter mit einer weißen Fahne aus dem Dorfe auf unsere Kompagnien zugekommen mit der Friedens= botschaft.

Die Nachricht war nur teilweise richtig. Es war aller= dings Waffenstillstand geschlossen worden, aber auf den aus= drücklichen Wunsch Gambettas blieben die Ostdepartements von demselben ausgeschlossen, weil die Franzosen meinten, hier noch für den Friedensschluß wertvolle Erfolge zu er= ringen. Die Thoren! Unter unsäglichem Elend mußte die letzte französische Armee, um der Kriegsgefangenschaft zu entgehen, die schweizer Grenze überschreiten. Für uns war es ein Glück, daß den Franzosen die Meldung ungenau zu= gekommen war, wir wurden so vor sicheren Verlusten bewahrt. Als wir auf unsere Höhe zurückkamen, erfuhren wir den Sach= verhalt zugleich mit der Botschaft, daß am 18. Januar das deutsche Kaiserreich proklamiert war. Was wir lange geträumt

hatten, war Thatsache geworden. Begeistert brachten wir
das erste Hoch aus auf den deutschen Kaiser.

Wenige Tage darnach kam uns die Nachricht zu von
dem Ende der Bourbakischen Armee. Immer noch aber war=
teten wir auf eine Botschaft, daß auch für uns Waffenstill=
stand geschlossen sei. In den ersten Tagen des Februar kam
diese lang ersehnte Botschaft. Nun wird auch bald der Frie=
densschluß folgen und unsere Gedanken wandten sich heim=
wärts. Am 14. Februar war der letzte Ochse in Abbans-
Dessus geschlachtet worden, am folgenden Tage verließen wir
das weinreich gewesene, jetzt aber weinarm gewordene Dorf,
um es mit einem noch schöneren Quartiere, Dôle, zu ver=
tauschen.

XII. Dôle.

Dôle ist eine prächtige Stadt an dem schönen Doubs. Hier blieben wir fast drei Wochen, bis zum 6. März. Unsere Beschäftigung von Abbans-Dessus, uns zu erholen, setzten wir hier mit demselben guten Erfolge fort. Unser Feldwebel nahm einige von uns Freiwilligen auf sein Büreau, seine Schriften ihm helfen in Ordnung zu bringen. Mit Arbeit waren wir da nicht überhäuft. Wenn wir einige Seiten liniert hatten, schien uns dies schon genug Arbeit für einen halben Tag zu sein.

Abwechselnd hatten wir die Briefe zu bestellen, die mit der Feldpost für unsere Kompagnien gekommen waren. Dies gab Büchler und mir Veranlassung zu einem übermütigen, aber harmlosen Scherze mit der Feldpost, den die Beamten derselben aber sehr übel nahmen und wegen dessen sie uns beim Regimente verklagten. Zu unserm Glück verstand unser Regimentsadjutant sich besser auf einen harmlosen Scherz und er entließ uns statt mit einigen Strafwachen, wie wir erwartet hatten, fast mit einer Belobigung über das wohlgelungene Späßlein, an dem er seine sichtliche Freude hatte. Wir hatten nämlich auf die täglich einlaufenden Briefe eines Kameraden Bemerkungen geschrieben wie diese: „Ich habe es jetzt satt, jeden Tag einen Brief für Sie zu besorgen. Wenn diese Briefschreiberei nicht aufhört, so werfe ich Ihre Briefe weg. Dirringer, Postassistent.“

Es war eine ganze Komödie der Irrungen, die nun entstand. Denn unser Freund beschwerte sich auf unsern Rat

bei der Feldpost. Die Beamten dort waren empört über den
Kollegen Dirringer, der ihrem ganzen Stande Schande mache.
Sie vermuteten ihn in Karlsruhe und meldeten die Sache
dorthin. Unser Freund schrieb darüber seinem Vater, damit
derselbe sich auch beschwere und schrieb außerdem einen mög=
lichst groben Brief an den Postassistenten Dirringer. Es
dauerte aber nicht lange, so hatten die Beamten der Feldpost
es heraus, wo der böse Dirringer steckte und zeigten die
Sache bei unserm Regimente an.

Daß die Sache für uns gut ausging, habe ich schon
bemerkt. Die Kränkung, die den Beamten der Feldpost zu=
gefügt worden war, forderte aber doch eine Sühne. Irgend
jemand mußte also schuldig sein. Der geneigte Leser errät
aber kaum, wer da der Sündenbock sein mußte. Das war
nämlich unser Kamerad, der Briefempfänger. Dem wurde
ganz gehörig der Rost heruntergeputzt, weil er auf dem Bü=
reau der Feldpost sich beklagt hatte; er hätte seine Klage
beim Feldwebel anbringen sollen, dann hätte die Sache sich
bald aufgeklärt.

Diese Geschichte war damit noch nicht ganz zu Ende.
Der Brief, den unser Kamerad an den Postassistenten Dirringer
in Karlsruhe geschrieben hatte, hätte auch beinahe noch Un=
heil angerichtet. In Karlsruhe gab es glücklicherweise keinen
Postassistenten Dirringer, aber einen Postsekretär mit ganz
ähnlich lautendem Namen. Dieser Postsekretär war mein
Vetter. Als ich nach dem Kriege mit demselben ein=
mal über die Leistungen der Feldpost mich unterhielt, be=
merkte derselbe, es sei doch nicht immer möglich gewesen, alle
aus dem Felde kommenden Briefe zu bestellen. So sei auch
einmal ein Postbote mit einem Briefe an einen Postassisten=
ten Dirringer zu ihm gekommen und habe ihm gesagt: „O,
Herr D., nehmen Sie mir doch diesen Brief ab. Sie heißen

ja beinahe Dirringer. Ich werde mit diesem Brief von einem Büreau zum andern geschickt."

„Hast Du den Brief genommen?" frug ich.

„Nein!"

„Da sei froh!" und nun erzählte ich meinem Vetter die Geschichte vom Postassistenten Dirringer.

Es sei übrigens hier mit herzlichem Dank der Dienste gedacht, welche die Feldpost uns leistete. Bei den großen Streifzügen, die wir machten und bei der Unsicherheit aller Wege durch die Franktireurs kam es oft vor, daß wir wochenlang keine Post erhielten und keine Briefe absenden konnten. Mit welcher Freude nahmen wir dann aber wieder, wenn die Post angekommen war, unsere Briefe und Packete aus der Heimat in Empfang. Welch ein Trost und welch eine Hoffnung und welch ein Segen lag in jedem solchen Gruße aus der Heimat.

Unser Quartier hatten wir in der Hauptstraße, in dem Hause eines wohlhabenden Kaufmanns. Wir waren immer nur drei oder vier in einem Hause und hatten infolge davon bequeme und gute Quartiere. Unsere Hausleute waren junge Leute, der Mann klein und unscheinbar, die Frau eine auffallende Erscheinung. Sie war im Hause entschieden die Hauptperson, ihr Mann spielte neben ihr eine unbedeutende Rolle. Mit ihrem Zöschen Anna, das immer heißer war und immer lachte, kam sie jeden Tag zu uns Soldaten in unsere Stube. Es war nämlich die Elite unserer Korporalschaft in diesem Quartiere, Sergeant Rapp und Unteroffizier Bury dabei. Mein schlechtes Gymnasial-Französisch und Büchlers noch schlechteres Höhere-Bürgerschul-Französisch, oder wo sonst es herstammte, störte sie nicht und mit einem Ernst, der komisch war und mit einer Ungeniertheit, die geradezu klassisch war, frug sie nach allem, was sie interessierte, und erzählte ungefragt, was nach ihrer Meinung für uns

wissenswert sein möchte. Als sie einmal meine Karte vom
Kriegsschauplatz sah, rief sie triumphierend aus: „Jetzt weiß
ich, wie Sie die Wege in unserem Lande so gut finden!"
Karten hatte sie schon gesehen. Aber daß man so etwas
auf Leinwand aufgezogen, zusammenlegbar, selber haben könne,
war ihr etwas ganz neues. Bei der Freude, die sie an meiner
Karte äußerte, konnte ich nicht umhin, ihr die Karte zu ver=
sprechen, wenn wir abziehen. Sie versäumte auch nicht, die
versprochene Karte bei Zeiten in Empfang zu nehmen.

Es war noch eine alte Dame im Hause, entweder ihre
oder des Mannes Mutter. Diese besorgte den Kaufladen,
in dem es eben nicht viel zu thun gab, der Mann versah
die Haushaltung und die Frau saß mit ihrer Zofe in der
Soldatenstube. Eine ächt französische Wirtschaft. Daß wir
Protestanten waren und doch ganz ordentliche Menschen, ganz
anders wie ihre Soldaten, von denen sie nur mit Verachtung
sprach, war ihr höchst merkwürdig und unverhohlen sprach
sie ihre Verwunderung und Anerkennung aus über alles, was
sie von Deutschland gehört und es schien ihr eine Ahnung
davon aufzugehen, daß wir unsere Siege und die Franzosen
ihre Niederlagen einer andern Sache noch als nur unseren
Karten verdankten. Sie saß auch einmal bei uns und sah
zu wie wir zu Mittag aßen und rühmte, halb scherzend, halb
spottend, daß die Deutschen alle grands mangeurs (große Esser)
seien, als es anfing mit allen Glocken von allen Türmen zu
läuten. Wie lang hatten wir diesen Ton nicht mehr gehört.
Nirgends, wo wir waren, durfte geläutet werden, weil die Fran=
zosen sich damit Zeichen gaben. Wir wußten, was das Läuten
zu bedeuten hatte: das ist der Friede. Die ganze Familie lief
zusammen, bewegt wünschten wir uns Glück und aus eines
jeden Seele gewiß stieg ein stilles Dankgebet. Wir waren
des Kriegs so müde und sehnten uns in die Heimat, zu
unsern Eltern und dann auch wieder zu unsern Büchern.

Mein Beruf als Briefträger hat mich in Dôle auch einmal in das Lazaret geführt. Ich erschrak über die Menge der Kranken, die hier lagen. Der Typhus hat hier viele Opfer gefordert. Aus unserm Regiment erlagen hier 42 dieser ersten Folge der ausgestandenen Strapazen. Von den näheren Bekannten im Regiment erkrankte keiner, nur Lehrer Bischofs Heiserkeit, die Jahre lang anhielt, fing hier an.

Hier im Spital, fern von den Seinen, starb ein lieber Vetter von mir, August Muth aus Heidelberg. Wie gerne hätte ich ihn besucht, wenn ich eine Ahnung davon gehabt hätte, daß er hier krank lag. Anfangs Januar hatte ich ihn zum letzten Male gesehen. Es war auf dem Marsche von Vesoul nach Belfort, als er bei einer kurzen Marschpause mit anderen Bekannten von den gelben Dragonern mich im Glied aufsuchte, um mir Glück zu wünschen, nachdem er von meiner Verwundung gehört hatte. Es war an einem Abend nach einem langen beschwerlichen Marsche. Die schlanken Dragoner standen so frisch unter uns abstrapazierten Infanteristen. Wer von uns hätte damals gedacht, daß dem einen von ihnen der Tod so nahe sei.

Der 15. Februar brachte uns eine Abwechslung. 3000 Garibaldianer, die während des Waffenstillstandes auf unser Gebiet geraten waren, erhielten die Erlaubnis, Dôle zu passieren. Es waren meist verwegen aussehende Gesellen. Unter den Dragonern waren einige, die Holzschuhe anhatten, mit Stricken an den Fuß gebunden, die Sporen in die Holzschuhe eingeschlagen. Wir mußten uns sagen: Respekt vor diesen Leuten, die freiwillig unter solch jämmerlichen Zuständen für ihr Vaterland sich schlugen, aber Schande über die reichen Dôler, von denen keiner den armen Kerlen ein paar Stiefel gab.

Unsere Niederlage hatten wir hier hauptsächlich im Café du Jura. Manchen Abend saßen wir hier fröhlich bei ernsten

und heiteren Gesprächen. Bald hatten sich auch einige Sanges=
kundige zu mehrstimmigem Gesang zusammen gefunden. Die
Palme gebührte dabei aber unstreitig Karl Wittmann aus
Waibstadt, wenn er mit seiner prächtigen Stimme das Lied:
„Ich schieß den Hirsch im wilden Forst" sang oder sonst
etwas, eine zündende Rede oder eine heitere Posse zum
Besten gab.

XIII. Der Rückmarsch.

Am 6. März verließen wir Dôle mit dem Gefühl, daß wir ein so gutes Quartier nicht wieder finden würden und erreichten nach zweitägigem Marsche am 8. März Gray, wo wir bis zum 18. zum Schutz der Etappe zu bleiben hatten. Ich war mit einigen Einjährigen auf dem Kommando. Schweren Dienst hatten wir nicht und jeden Tag gab es Abwechslung, aber wir hatten dieses Schlaraffenleben, das wir nun seit Ende Januar führten, noch mehr satt als das Kriegen. Wir hatten einmal einen Sack Geld zu hüten, dann jemanden aus der Stadt, etwa den Postdirektor auf das Bureau zu citieren, dann den Offizieren eine Flasche Champagner zu holen. Abwechslung gab auch die Versteigerung abgängiger Pferde. Täglich kamen auch Leute auf das Bureau, die sich über irgend etwas beschwerten: „die Soldaten haben den Osen umgeworfen", „die Soldaten haben einen Stuhl zer= brochen", „die Soldaten haben von unserm Zucker genommen" und dergleichen.

Mit Vorliebe kamen junge Mädchen. Da wurde dann einer von uns mitgeschickt, zu sehen, was es da gebe und den Streit zu schlichten. Das war immer eine genierliche Sache, in Begleitung einer solchen demoiselle durch die Stadt zu gehen. Die Französinnen genierte das aber nicht im minde= sten, im Gegenteil, ich glaube, sie kamen oft nur, weil es ihnen Spaß machte, daß einer von uns sie durch die Stadt begleiten mußte.

Am 19. März endlich wurden wir hier abgelöst. Mit der Bahn fuhren wir bis Vesoul. Ueber Kolmar, Schlettstadt, Kehl marschierend erreichten wir am 28. März in Willstätt unser Regiment, das vorausmarschiert war, während unsere Kompagnie in Gray Etappendienst hatte.

Unser Marsch durch Baden war ein Triumphzug. In jedem Dorfe, in dem wir Quartiere bezogen, wurden wir feierlich empfangen, an jedem Morgen unsere Helme und Gewehre von neuem mit Tannenreisern und Blumensträußchen geschmückt. Ueber Achern, Sinzheim, Ettlingen marschierten wir nach Karlsruhe, wo wir am 3. April feierlich einzogen. Am Tage vor Ostern wurde ich entlassen.

Die Ansprache, welche unser Regimentskommandeur, Oberst von Wechmar, vor Straßburg an das Regiment gerichtet hatte, bekamen wir gedruckt mit nach Hause. Den Anfang und den Schluß derselben will ich hier beifügen: „In wenigen Stunden werden wir den Boden unseres teuren Vaterlandes wieder betreten.

In diesem schönen feierlichen Augenblick drängt es mich, noch einige Worte an Euch zu richten.

Ein blutiger, ein glorreicher Krieg liegt hinter uns, ein Krieg, der an Großartigkeit und glänzenden Erfolgen in der Weltgeschichte kaum seines gleichen hat.

Durch die Gnade Gottes, des allmächtigen Lenkers der Schlachten, liegt der alte Erbfeind Deutschlands niedergeschmettert zu unsern Füßen und unser teures deutsches Vaterland erhebt sich einig und stark unter der Führung seines ehrwürdigen Heldenkaisers zu neuer Macht und Blüte.

Mit freudigem Stolze sind wir uns bewußt, daß das 14. Armeekorps, dem anzugehören wir die Ehre hatten, manches schöne Blatt in den frischen Lorbeerkranz hineingeflochten hat.

Und da, wo das 14. Armeekorps gefochten hat, da stand auch das Leibgrenadierregiment meist in erster Linie und blutete und siegte.

Soldaten! Dankbar sieht unser Heldenkaiser Wilhelm, unser geliebter Großherzog, unser ganzes deutsches Vaterland auf Eure Thaten hin und ich, Euer Regimentskommandeur, der die Ehre gehabt hat, Euch in diesen heißen Gefechten zu führen, ich spreche Euch heute mit bewegtem Herzen meinen Dank aus für den Heldenmut, den Ihr bewiesen, für die Ausdauer, mit der Ihr die großen Strapazen ertragen, für die Mannszucht, die Ihr gehalten habt.

Wenn Ihr Euch dieser großen Zeit erinnert, dann, Soldaten, überhebt Euch nicht in eitlem Stolz, sondern vergeßt niemals, daß Ihr Eure Siege der Gnade Gottes, des allmächtigen Lenkers der Schlachten, zu danken habt und daß eine tüchtige Ausbildung und eine gute Disziplin die Grundlage des Sieges bilden; haltet das Andenken unserer gefallenen Helden in Ehren; gedenket stets in Liebe Eurer zu Krüppeln gewordenen verwundeten Kameraden und ich bitte Euch, bewahrt mir, Eurem Regimentskommandeur, der stolz auf Euch ist, stets ein freundliches Andenken.

Gott schütze unsern Kaiser, unsern Großherzog, unser teures deutsches Vaterland! Hurrah!"

Hier mögen auch die Worte ihre Stelle finden, mit welchen General von Werder die Ordre mitteilte, durch welche das 14. Armeekorps aufgelöst wurde:

„Soldaten des 14. Korps!

Auf Befehl Seiner Majestät des Kaisers und Königs ist das 14. Armeekorps aufgelöst. Mit dem schönen, lohnenden Bewußtsein treu erfüllter Pflicht könnt Ihr zurückblicken auf Eure Teilnahme an diesen gewichtigen, welthistorischen Kämpfen, auf Eure Leistungen, die unter Gottes gnädigem Beistande von reichem Erfolge gekrönt wurden und die Allerhöchsten Anerkennungen fanden.

Zieht nun in die Heimat und arbeitet mit eben so viel Hingebung an dem friedlichen Ausbau des deutschen Vaterlandes, wie Ihr zur Gründung seiner Größe kriegerisch thätig gewesen seid.

Mein Dank begleitet Euch in Eure Heimat.

Gedenkt zuweilen Eures tiefbewegten Führers, wie er Euer nie vergessen wird.

Gott schütze Euch, wie er das 14. Armeekorps geschützt hat."

Am Abend des Ostersamstags kehrte ich tiefbewegt in Freude und Dank in den Kreis meiner Eltern und Geschwister wieder zurück.

Schluß.

Wenn ich zum Schlusse noch davon reden will, was ich meiner Teilnahme an dem Feldzug verdanke, so muß ich zunächst von einer Unart berichten. Zwar die Feldzugs-Manieren, die Pfeife auf den Stubenboden auszuklopfen und auf den Stubenboden auszuspucken und dergleichen habe ich unter den gesitteteren Verhältnissen des Friedens sofort wieder abgelegt, aber eine Unart ist mir bis heute geblieben. Sie besteht darin, daß ich immer wieder vergesse, den Pfützen auszuweichen. Wenn es nur einigermaßen geregnet hat, so habe ich schmutzige Stiefel. Das geniert mich manchmal, aber ich mache mir wegen dieser schlechten Gewohnheit doch keine Sorgen. Im Gegenteil, ich glaube, mit dem Grund-satze: „nicht außen herum, sondern gerade durch" kommt man nicht nur am besten über schmutzige Dorfgassen und schlechte Landstraßen, mit diesem Grundsatz kommt man auch am besten durch das Leben und durch die Menschen.

Eine Tugend, die ich im Feldzug gelernt habe, ist die Pünktlichkeit. Ich lasse niemanden warten, habe es aber auch nicht gern, wenn andere mich über die bestimmte Zeit warten lassen. Unpünktliche Menschen müssen im Uebrigen sehr liebens-würdig sein, sonst bleiben wir nicht lang gute Freunde.

Auch die Erfahrung danke ich dem Feldzug, daß Nicht=
nachlassen gewinnt. Unsere Angriffe waren nicht immer fehler=
los, aber wir haben sie doch immer siegreich durchgeführt,
weil wir nicht nachließen. Das gilt auch im Leben. Ist
das Gewissen rein über Ziel und Mittel, dann mögen diese Mittel
auch mangelhaft, dann mag auf der andern Seite der Wider=
stand auch noch so groß sein — nicht wer die besten Mittel
und den leichtesten Weg hat, sondern wer nicht nachläßt,
gewinnt.

Doch, um den Wer der Pünktlichkeit und der Ausdauer
schätzen zu lernen, dazu braucht man noch nicht gerade einen
Feldzug mitzumachen. Diese Tugenden kann man auch im
Frieden lernen.

Der Gewinn, den ich aus dem Feldzug mit heimgebracht
habe und den ich nur da finden konnte, ist ein doppelter.
Er besteht einmal in dem Hochgefühl, daß ich auch mit unter
denen war, die 1870/71 die Kraft des deutschen Volkes dar=
stellten und die ein ruhmreiches Werk vollbracht haben. Ich
weiß sehr wohl, das geleistet zu haben, was tausendmal
tausend andere auch geleistet haben, ist nichts besonderes,
auch dann nicht, wenn man es freiwillig geleistet hat. Ich
weiß auch sehr wohl, ebenso wie ich es als Pflicht erkennen
mußte, mitzuziehen, ebenso hat mancher andere nur seine Pflicht
erfüllt, wenn er aus Gehorsam gegen seine Eltern oder
aus Rücksicht auf seine Gesundheit nicht mitgegangen ist.
Aber ich danke meinem Gott, daß ich mitziehen konnte. Was
ich an Selbstvertrauen habe — wie groß oder klein es sein
mag — hätte ich nicht, was ich an Gottvertrauen habe, könnte
ich nicht haben, wenn ich mich nicht freudig in die vordere
Reihe gestellt hätte, als der Sturm losbrach, wenn ich nicht
das meine an meinem Teil gethan hätte, daß nicht die große
Zeit ein kleines Geschlecht gefunden hat.

Und der andere große Gewinn, den ich meiner Teil nahme an diesem Kriege verdanke, ist das unerschütterliche Vertrauen, das ich seitdem zu unserem deutschen Volke habe.

Ich denke, von den verschiedenen Korporalschaften, deren Genosse ich war, darf ich auf unsere badischen Soldaten alle schließen und nicht anders wie diese werden auch die andern deutschen Soldaten gewesen sein, und wie die Männer von 20—30 Jahren sind, so wird das ganze Volk sein. Und ich denke, wer in Reih und Glied als gemeiner Soldat einen Feldzug von sieben Monaten mitgemacht hat, wo der Zwang bald aufhört, den wir Menschen uns in der Gegenwart anderer anzulegen gewohnt sind, wer da Gelegenheit gehabt hat, zu sehen und zu hören, wie die Soldaten sich freuen, sich unterhalten, wie sie träumen, wie sie sich zeigen in großer Gefahr, in harter Entbehrung und dann wieder in dem Rausche des Sieges und im Ueberfluß, der hat den Geist, der in ihnen lebt, kennen lernen können.

Es ist kein Zweifel, das Gute und das Böse, zu dem die Keime im Menschen liegen, kommt nirgends so zur Entfaltung wie in einem Kriege. Im Krieg geschehen die größten Thaten der Selbstverleugnung, der Treue, der Barmherzigkeit. Aber der Krieg verwildert auch die Menschen. Kein Gebot Gottes, das nicht der Krieg niedertreten würde. Die Bestie, die im Menschen schlummert, erwacht da. Auch im letzten Kriege ist es nicht anders gewesen.

Aber wenn ich das alles zusammen nehme, so kann ich nicht anders, ich muß unserem Volke ein gutes Zeugnis ausstellen aus jenen Tagen. Ich bin wahrlich nicht blind gegen die Schäden und Sünden in unserem Volke, aber wenn ich daran denke, daß die Soldaten von damals heute in der Fülle des Lebens stehen und die Väter unserer Jugend sind, dann bin ich voll Hoffnung, daß unser Volk es nicht ver-

geſſen wird, daß die Gerechtigkeit ein Volk erhöht und die
Sünde der Leute Verderben iſt, voll Hoffnung, daß auch
fernerhin der Spruch gelten wird:

Deutſche Treue, deutſcher Gott,
Deutſcher Glaube ſonder Spott,
Deutſches Herz und deutſcher Stahl
Sind vier Helden allzumal.

Inhalt.